SELLIG

L'OPERATION R8

COLLECTION
« RIVIERE BLANCHE »

BLACK COAT PRESS

Collection dirigée par
Philippe WARD

Visitez notre site internet :
www.riviereblanche.com

 ISBN 978-1-61227-391-4.

Á Audrey,

qui me comprend mieux que moi-même et m'écoute sans faillir, toujours.

Á nos interminables fous rires, indispensables

Olga et Bernard habitaient une maison presque de plain-pied, orientée presque plein sud dans un lotissement presque sans histoire à la périphérie de Lyon. Bernard l'avait pratiquement construite de ses propres mains plus celles de tous ses potes de l'EDF où il travaillait depuis vingt ans. Olga s'était consacrée à la décoration et à l'ameublement des lieux en reproduisant à l'identique dans chaque pièce les pages du catalogue d'Ikea. Elle trouvait ça chic et moderne et malheur à celui qui aurait dit le contraire. Elle s'était aménagée derrière la maison un petit potager où rien n'avait jamais poussé. Un acharnement qui forçait l'admiration de leur voisin et ami, Henri Baratté, botaniste retraité.

Henri qui n'était pas avare en conseils, savait pertinemment que rien ne pousserait jamais ici. Car il fallait bien l'avouer, même si Olga pouvait vous retourner sans flancher deux cents mètres carrés de terre à la bèche, elle n'avait pas la main verte.

Henri Baratté était un jeune retraité célibataire sans enfant qui avait été le premier à faire construire dans le lotissement. Il avait accueilli chaleureusement Bernard et Olga avec lesquels il avait tout de suite sympathisé. Ces derniers l'invitaient systématiquement pour les barbecues, les fêtes de famille ou autres festivités donnant toujours l'occasion de boire un verre. Henri Baratté était un homme discret, intelligent, très cultivé qui s'absentait souvent plusieurs jours sans jamais donner la moindre explication. Olga avait beau le cuisiner pour savoir où il passait ses journées, Henri lui répondait aimablement qu'il faisait de longues excursions en forêt pour classifier de nouvelles espèces de fougères et que le soir venu, il dormait sous la tente. Une explication qui en valait une autre.

Malgré quelques bizarreries de ce genre c'était un agréable voisin sympathique et plein d'humour. Certains soirs de fête, Henri leur racontait ses expéditions dans les forêts tropicales à répertorier des plantes médicinales rares. Il leur mimait avec talent ses rencontres avec les peuplades reculées d'Amazonie ou les face à face terrifiants avec des bêtes sauvages. Un soir de réveillon particulièrement bien arrosé, la chemise sortie du pantalon et les cheveux décoiffés, Henri avait brandi une mystérieuse enveloppe cachetée à la cire rouge. Après un long et obscur discours propre à toute personne imbibée d'une dose d'alcool dépassant largement la limite autorisée par la loi si l'on doit conduire un véhicule quel qu'il soit, Henri avait remis officiellement l'enveloppe à toute la famille avec l'instruction impérative de ne l'ouvrir que s'il lui arrivait quelque chose d'inhabituel ou de bizarre. Mais que pouvait bien vouloir dire « bizarre » ou « inhabituel » dans la bouche d'un homme qui passe ses journées à chasser la fougère sauvage dans la forêt ? Finalement, après que toute la famille ait juré, faute de bible, une main sur le catalogue d'Ikea, tout le monde avait éclaté de rire. Olga avait rangé l'enveloppe en lieu sûr comme le lui avait expressément demandé Henri et Bernard avait débouché une énième bouteille de son soi-disant meilleur champagne, un tord boyaux vert qui leur brûla l'estomac pendant deux jours. Même si Henri passait pour un excentrique et que personne ne croyait vraiment à ses histoires d'Indiana Jones dans les jungles de la planète, il n'en faisait pas moins partie de la famille et tous l'adoraient.

Une superbe niche dans un style chalet suisse mal fait, construit par Bernard, trônait devant la maison. C'était l'antre de la bête, la terreur du lotissement, Pupuce, la chienne d'Olga. C'était un animal étrange, presque aussi gros qu'un veau, qui mangeait en plus de ses trois kilos de viande quotidiens, des chambres à air, des clous, des éponges ou tout ce qu'elle pouvait se mettre sous la dent. Cette chienne hybride était le produit d'un croisement génétique digne des monstres de la mythologie grecque, une pièce unique sur la planète. Elle possédait des pattes plus courtes à l'avant qu'à l'arrière ainsi qu'une mâchoire carrée comme la pelle d'un bulldozer, contenant, d'après certains, une triple rangée de dents comme les requins.

La chienne n'avait qu'un œil mais d'une efficacité redoutable, qui semblait être équipé d'une vision nocturne, quand on voyait avec quelle précision elle harponnait en pleine obscurité de pauvres mulots inconscients traversant sans le savoir les terres du diable. Même le vétérinaire du quartier, terrorisé par Pupuce, ne savait pas de quelle race il pouvait s'agir. Il avait menacé Olga d'appeler la police si elle s'obstinait à ramener dans son cabinet cette bête abjecte qui faisait peur à tous ses clients et qui, d'après l'un d'entre eux, aurait mangé son chat et la cage en plastique.

« Les gens racontent vraiment n'importe quoi. »

Après avoir tenté sa chance auprès de quinze vétérinaires qui refusèrent tous catégoriquement de soigner Pupuce, Olga avait dégoté par miracle, à dix kilomètres de chez eux, un vétérinaire à la retraite, le docteur René Lacrosse. Un homme bizarre qui, d'après ses voisins, était un ancien béret vert, vétéran des forces spéciales. Même si les gens racontent vraiment n'importe quoi, René Lacrosse avait accepté à la surprise générale de soigner le succube sans poser de questions. Pupuce l'adorait. Le véto lui filait des crapauds vivants à bouffer pour la récompenser d'avoir été une gentille fifille bien sage pendant l'auscultation. Le docteur Lacrosse avait établi son cabinet dans la cave de sa maison et ne recevait que les lundis à 23h00. Si vous vous pointiez sans prévenir, ce que Bernard et Olga avaient fait pour une urgence, quand Pupuce avait gobé un sécateur, l'ancien béret vert, un nerveux de la gâchette, vous accueillait chaleureusement fusil d'assaut à la main.

Tout le lotissement avait porté plainte et manifesté pour faire enfermer Pupuce ou la faire piquer pour les plus radicaux. Mais faute de preuves et d'incidents graves la plainte avait été rejetée par le tribunal. Même Bernard s'en méfiait comme la peste et ne lui tournait jamais le dos. Pour être en sécurité lorsqu'il bricolait, il lui filait trois ou quatre somnifères puissants enfoncés dans un solide rôti de porc que la bestiole avalait comme un Twix. Assommée par les neuroleptiques qui auraient fait dormir un bœuf pendant une semaine, Pupuce somnolait à peine deux heures en poussant d'effroyables cris qui vous filaient des frissons. Il n'y avait qu'Olga, le vétérinaire et Jürgen qui pouvaient l'approcher sans risquer d'y laisser un bras. Même les quelques malheureux pitbulls du secteur passaient devant la maison comme des flèches, la peur au ventre, la queue entre les pattes, en couinant comme des gorets qu'on égorge. Bernard, toujours bien inspiré, avait tenté de la faire participer à des combats de chiens illégaux pour arrondir leurs fins de mois. Après plusieurs combats de seulement quelques secondes mais d'une extrême violence, aucun des bookmakers de la ville n'avait plus voulu prendre les paris sur Pupuce et ils avaient même, pour la première fois dans l'histoire de la mafia, mis un contrat sur la tête de la bête qui leur avait tué leurs meilleurs chiens de combats en moins de trente secondes chrono.

Bernard était un bricoleur du dimanche assez doué qui inventait sans cesse de nouvelles machines diaboliques qui ne fonctionnaient jamais comme elles auraient dû, entraînant immanquablement de terribles catastrophes. Bernard travaillait donc à l'EDF depuis vingt ans et personne ne savait vraiment ce qu'il y faisait. Apparemment il réparait les câbles électriques avec un petit camion bleu à nacelle et, dès les beaux jours, il organisait souvent des barbecues avec ses collègues dans la cour de l'usine. C'était un homme volontaire, plein d'entrain, qui se couchait et se levait toujours de bonne humeur. Il collectionnait les gaffes et les conneries comme d'autres collectionnent les timbres et racontait des blagues qui ne faisaient rire aux larmes que ses potes de l'EDF. Bernard ne se faisait jamais de souci pour quoi que ce soit, car sa femme Olga gérait la vie et le bon fonctionnement de toute la famille et cela lui convenait parfaitement.

Olga de son côté était une femme moderne et épanouie, folle de son homme, et n'en aurait pas choisi un autre pour tout l'or du monde. Elle était chef d'atelier dans un garage automobile. Parfaitement à l'aise dans un milieu d'hommes, elle dirigeait son équipe de mécanos d'une main de fer dans un gant d'acier. Olga avait une passion, la musculation. Une discipline qu'elle pratiquait avec zèle et acharnement depuis plus de quinze ans dans un club qui sentait bon la sueur et la testostérone, sous les ordres de Bob, son coach personnel, une montagne de muscles difformes, surnommé Bobby le barbare par les membres du club. Olga était grande, avec de longs cheveux blonds naturels et un physique d'haltérophile russe des années quatre-vingts avec des bras comme des troncs d'arbres et des jambes comme des pylônes EDF. Aucune personne sensée n'aurait été lui chercher des poux sur la tête. Un soir de décembre où elle sortait Pupuce pour sa promenade nocturne, Olga avait surpris deux cambrioleurs en pleine action. Pendant qu'elle leur administrait une dérouillée sévère mais juste et proportionnée, Pupuce, toujours prête à aider sa maitresse, dévorait avec enthousiasme et acharnement les chaussures et les sacs à dos des deux types. Les deux malfrats, terrorisés, jurèrent à Olga, faute de bible, une main droite sur un prospectus Carrefour, de ne plus jamais revenir dans le quartier. Ils repartirent pieds nus raconter partout que la femme du diable et son cerbère habitaient dans un lotissement au nord de la ville. Le bruit se répandit comme une traînée de poudre dans le milieu et il n'y eut plus de cambriolages dans ce secteur durant un long moment.

Olga et Bernard avaient un fils, Jürgen. C'était un solide jeune homme de dix-sept ans, passionné par la physique, la chimie, la biologie et les manipulations génétiques bizarres. Il était d'ailleurs président et membre fondateur du C.A.S.P, le Club des Amateurs de Sciences Parallèles. Une association à but non lucratif entièrement financée par Henri Baratté, leur fameux voisin et ancien botaniste qui, en tant que scientifique professionnel, en était le président d'honneur. Le club comptait en plus de Jürgen ses deux meilleurs amis, l'énigmatique et glaciale Ruth et l'insondable Alessandro dont il était impossible de savoir si c'était un génie ou un abruti notoire. Les trois descendants spirituels de Frankenstein s'enfermaient des heures dans la cave de la maison qui leur servait de laboratoire. Ils y emportaient souvent de petits animaux innocents qui entraient dans cette cave sans le moindre espoir d'en ressortir vivants. Une fois la porte verrouillée, Dieu seul savait quelles expériences diaboliques et certainement illégales ils y pratiquaient. Bernard avait depuis bien longtemps renoncé à y descendre et même Pupuce, qui ne craignait rien ni personne, rechignait à y descendre même pour choper un rat. Elle préférait laisser filer le rongeur vers une mort certaine plutôt que de s'enfoncer dans l'antre du professeur Jürgen et de ses deux collaborateurs fous. Plusieurs fois par mois Olga y faisait des descentes musclées pour libérer des troupeaux de bestioles ivres de joie de revoir la lumière du jour et de retrouver la liberté. On y entendait régulièrement des explosions qui faisaient vibrer les vitres de la maison et il s'en échappait souvent des odeurs nauséabondes qui vous brûlaient la gorge pendant des semaines. Pratiquement tous les week-ends les trois jeunes, malgré tout très doués dans leur domaine, participaient à des concours de science à travers la France. Bernard et Olga les accompagnaient comme d'autres parents accompagnent leurs rejetons sur les stades de foot ou dans les salles de gym, pour ceux qui pratiquent ce sport mystérieux qui consiste à courir sur un tapis mou tout en jetant un foulard ou un bâton en l'air. Après tout, chacun sa bouffée d'oxygène. Dès qu'il en avait l'occasion Henri les accompagnait pour soutenir son équipe de scientifiques. C'est au cours de ces voyages qu'Olga avait remarqué que la glaciale Ruth en pinçait pour Jürgen. Et même avec les allusions lourdingues de son père, celui-ci n'avait rien remarqué de spécial.

Cette sympathique famille habitait donc dans un lotissement tranquille où rien ne se passait jamais jusqu'au jour où un événement, en apparence anodin, allait bouleverser leur vie.

Tout commença...

...Un dimanche de juin ensoleillé.

Ce jour-là, ils recevaient Sam, le frère d'Olga, pour le déjeuner. Olga tenait beaucoup à ces repas de famille dominicaux et personne n'aurait osé lui refuser ce plaisir. Comme chaque dimanche ce fut donc un repas agité. Bernard voulut tester sa toute dernière invention, un sécateur semi-automatique électrique à démultiplication de force pour découper facilement, et sans effort, poulets, dindes, canards et autres volailles rôties. Bien évidemment il déchiqueta le pauvre poulet en deux millions et demi de morceaux qui volèrent dans toute la pièce. Olga dut courir couper l'électricité pour stopper l'infernale machine devenue folle que Bernard n'arrivait plus à arrêter.

— Bravo mon Nanet, encore un succès, ricana Olga, en ramassant les bouts de poulet qui avaient tapissé tous les murs du salon.

— Ouais t'assures grave papa, enchaîna Jürgen en retirant de la peau de poulet de l'écran de son smartphone pour la glisser dans un petit tube hermétique qu'il glissa dans sa poche.

— Y a pas à dire mon beau-frère est un génie. J'espère que tu vas vite le commercialiser celui-là, dit Sam en ôtant un os de ses cheveux.

— Je ne comprends pas, s'étonna-t-il en manipulant avec précaution l'instrument encore animé de soubresauts nerveux. C'était pourtant au point quand je l'ai testé l'autre jour, faudra que je revoie certaines choses.

— Faudra surtout que tu balances ça à la poubelle mon biquet, lui conseilla Olga, tu pourrais tuer quelqu'un.

— C'est pour quoi faire cette peau de poulet que tu as mis dans ce tube ? demanda Sam, intrigué, à son neveu.

— Pour nos expériences tonton. Ruth pense qu'on peut greffer de la peau de poulet sur un rat pelé.

— Beurk, je ne veux même pas savoir comment vous allez faire ça, toi et tes potes vous êtes des psychopathes.

— Non, tonton, on est des aventuriers, des pionniers, des précurseurs.

— Non, vous êtes des grands malades.

— Au fait fiston, demanda Bernard, facétieux, toi et la petite Ruth ça avance ?

— T'es lourd, souffla le jeune homme. De toute façon elle en aime un autre, j'en suis sûr, alors arrête avec tes blagues lourdingues.

— Je pense que ton père a raison mon doudou, dit sa mère en continuant d'essuyer le mur, même s'il est effectivement lourdingue, crois-moi, cette petite Ruth en pince pour toi, ça se voit comme le nez au milieu de la figure. Elle attend juste que tu te déclares.

— N'importe quoi, maman, que je me « déclare » ?! faillit s'étouffer Jürgen. Mais qu'est-ce que c'est que cette expression ringarde ? Que j'me déclare, mais n'importe quoi…

Ils nettoyèrent la table, les murs, le parquet, même le lustre où pendaient des bouts de viande et dégustèrent leurs bouts de poulet haché.

Pendant qu'Olga faisait des allers-retours à la cuisine, Jürgen tentait d'expliquer en vain, à son oncle et son père comment fonctionnaient les greffes de peau. Ils décrochèrent très vite pour aller boire une bière dans le jardin. Ils rentrèrent pour le dessert, une superbe tarte aux pruneaux qu'Olga avait faite de ses propres mains. Bernard coupait la tarte avec un couteau traditionnel quand des sirènes hurlèrent dans la rue. Toute la famille se précipita sur le perron et même Pupuce tira comme une enragée sur sa chaîne pour voir ce qui se passait.

Un camion de pompiers et un véhicule du SAMU, escortés par une voiture de police, venaient de s'arrêter juste devant la maison d'Henri Baratté. Tout le quartier, la bouche encore pleine, était également sorti dans la rue. Et évidement dans ces cas-là, tout le monde raconte toujours n'importe quoi. Certains affirmaient qu'il s'agissait d'une descente de police pour arrêter des narcotrafiquants qui sévissaient dans le quartier depuis quelque temps, pour d'autres c'était des terroristes qui voulaient faire sauter la ville et enfin pour d'autres encore, il s'agissait du tournage du dernier film de Luc Besson.

Bernard, qui traversait la rue pour aller voir ce qui se passait chez Henri, fut brutalement stoppé par un homme qui gardait la porte d'entrée.

— Désolé monsieur, vous ne pouvez pas entrer.

— Eh, doucement mon gars, se défendit Bernard en repoussant sèchement le bras du type. Je veux juste prendre des nouvelles de mon ami, alors laissez-moi passer.

— Je comprends, monsieur, poursuivit l'homme sur le même ton, mais vous ne pouvez pas entrer, désolé. Vous irez le voir à l'hôpital.

Olga, qui suivait la scène, allait intervenir lorsque les médecins sortirent de la maison avec le brancard. Henri était allongé inconscient, avec un masque à oxygène sur le nez et une couverture remontée jusqu'au menton. Elle se précipita.

— Eh ! cria-t-elle à l'intention du médecin, que lui est-il arrivé ?

— Crise cardiaque, répondit sèchement le médecin en tournant la tête dans tous les sens. Il a juste eu le temps d'appeler les secours, une chance pour lui.

— Une crise cardiaque, répéta Olga, incrédule, en marchant à côté du brancard, mais comment…

— Allons madame, ne gênez pas les secours s'il vous plaît, laissez-nous passer, s'impatienta le docteur.

— Mais je ne vous gêne pas ! s'énerva Olga, je…

— Et dans quel hôpital l'emmenez-vous ? demanda Bernard.

— Saint-Ambroise, dit simplement le brancardier.

— Est-ce qu'il va s'en sortir au moins ? cria Olga.

Elle n'obtint pas de réponse. En moins de deux secondes le brancard fut chargé à l'arrière de l'ambulance, et les véhicules démarrèrent en trombe et disparurent toutes sirènes hurlantes. Tous les voisins qui avaient rappliqué, persuadés de voir du sang, furent très déçus et rentrèrent chez eux en pariant sur les chances qu'Henri avait ou pas de s'en sortir. Olga et Bernard furent les derniers à rester au milieu de la rue.

— Va chercher la voiture Minou, ordonna Bernard, on fonce à l'hôpital.

— Bonne idée Nanet, acquiesça Olga. Va dire à Sam de rester avec Jürgen.

À l'intérieur de la maison, vautré dans le canapé, Jürgen était plongé dans son smartphone.

— Alors papa, qu'est-ce qu'il se passe, Henri est mort ? s'inquiéta le jeune homme.

— Jürgen, un peu de respect, tenta Bernard mais le ton n'y était pas.

— C'est notre principal sponsor, se défendit le jeune homme, et ça n'arrangerait pas nos affaires tu comprends ?

— C'est tordu comme excuse, souffla son père en haussant les épaules.

— J'adore Henri papa, ça n'a rien à voir, mais il y a une réalité financière non négligeable dans cette affaire, tu comprends, et nous sommes à deux doigts de faire une découverte majeure, alors si on nous coupe les vivres maintenant ce serait catastrophique pour la science, tu comprends ?

— Ton père a raison Jürgen, t'es tordu, lança son oncle du fond du salon.

— Non, il n'est pas mort, répondit Bernard qui avait déjà décroché, ils l'emmènent à l'hôpital. Il a fait une crise cardiaque et ta mère et moi y allons tout de suite pour prendre de ses nouvelles.

Bernard se tourna vers Sam avec un grand sourire.

— Cher beau-frère adoré, pourrais-tu rester avec ton neveu préféré le temps que nous fassions l'aller-retour ?

— Ai-je vraiment le choix ? soupira Sam.

— Tu vois ça avec ta sœur mais tu la connais, si je vais lui dire que t'as mieux à faire...

— C'est bon, ça va, le coupa Sam, agacé, j'attendrai ici avec mon neveu.

— Je peux très bien me garder tout seul, pesta le concerné.

— Tu connais ta mère, mon canard, alors si t'es pas d'accord tu vas lui dire toi-même, elle est juste devant la maison.

— Ok c'est bon, ça va, je reste avec tonton, souffla-t-il. Et ne va pas lui dire que j'ai négocié. De toute façon, conclut-il, il faut que nous fassions une réunion extraordinaire des membres de l'association pour discuter des suites de nos travaux en fonction des futures informations que tu me communiqueras en direct sur mon phone papa. Ok ?

Bernard était déjà parti. Olga, au volant de la Logan familiale, klaxonnait devant la porte comme une enragée. Bernard sauta à l'intérieur et elle démarra en faisant crisser les pneus. Pupuce, voyant sa maîtresse partir sans elle, hurlait à la mort en tirant comme un démon sur sa chaîne en acier trempé. Sam, bien installé à la table du salon, dégustait une part de la fameuse tarte aux pruneaux qu'on n'avait pas eu le temps de servir. Jürgen, toujours vautré dans le canapé, envoyait sms sur sms. Tout en savourant sa tarte Sam observait son neveu. Ce gamin l'avait toujours fait flipper. Il avait toujours pensé que quelque chose ne tournait pas rond chez cet ado, comme chez tous les ados d'ailleurs. Comme si les ados et les jeunes étaient des races extraterrestres avec qui toutes communications, même basiques, s'avéraient trop complexes voire impossibles.

Pendant des années Olga n'avait pas arrêté de lui demander d'emmener Jürgen au ciné ou au zoo comme l'aurait fait n'importe quel tonton normal avec son neveu. Mais Sam n'était pas un tonton normal, ni Jürgen un neveu normal non plus. Sam avait déjà plusieurs fois accepté de faire le baby-sitter les soirs où sa sœur et Bernard étaient invités chez des dingues comme eux. Une fois seuls, assis dans la même pièce, ni l'un ni l'autre ne s'étaient adressés la parole pendant plus de cinq heures. Le gamin avait passé la soirée le nez dans sa console de jeux. Sam avait quand même tenté d'entrer en communication avec lui au moyen de différentes techniques mais, hélas, toutes s'étaient avérées inefficaces. Jürgen n'avait hoché la tête que deux ou trois fois en fonction des questions posées.

Ce sale mioche savait parfaitement que son oncle le trouvait tordu et il le lui rendait bien. Durant cette interminable soirée Sam avait surpris à plusieurs reprises le regard glacial et scrutateur de son neveu sur lui. Il lui sembla même le voir sourire. Un de ces sourires qui voulait dire : « Tsss, Tsss, Tsss tonton, te casse pas, je sais que tu me prends pour un cinglé mais rassure-toi tu l'es tout autant que moi ».

Sam avala sa part de tarte et se tourna vers Jürgen.

— Eh ben, on dirait qu'on est plus que tous les deux.

— T'as calculé ça tout seul tonton, t'es vraiment fort. Mais tu peux rentrer chez toi, mes associés vont arriver.

— Rassure-toi, moi aussi j'avais mieux à faire que baby-sitter.

— Ha ouais comme quoi ? Vas-y, épatemoi, ricana l'ado.

Pris de court Sam bafouilla un charabia incompréhensible.

— Bon, de toute façon, trancha-t-il, la question ne se pose pas ta mère voulait que je reste.

Il y eut un moment de silence.

— Alors, tenta Sam, sur un ton faussement joyeux pour briser le malaise qui s'installait, comment s'est passé ton séjour en Amérique ?

Jürgen releva la tête et le regarda avec un sourire diabolique.

— T'es pas obligé de poser la question tonton, mais si ça t'intéresse je me suis bien marré. J'ai picolé et j'ai fumé des pétards avec mes potes. Et tu n'es pas forcé de répéter ça à ta sœur si tu vois ce que je veux dire, tonton.

— T'inquiète je ne dirais rien, jura Sam, mal à l'aise, c'est de ton âge.

— Et toi tonton, comment va la vie, demanda-t-il en replongeant la tête sur son smartphone pour répondre à un sms qui venait d'arriver.

— Chiante, avec plein de cons qui passent leur existence à m'emmerder.

— Je vois que t'as une vie passionnante, tu pourrais me rendre service ?

— Bien sûr lequel ?

— Chaque fois que tu viendras à la maison rappelle-moi de ne jamais faire comme toi. Tu peux faire ça pour moi tonton ?

— T'inquiète je te le rappellerai, se renfrogna Sam.

— Super merci. Et ton job comment ça va ?

— Est-ce que ça t'intéresse vraiment les engrais Jürgen ?

— En fait non, je disais ça comme ça. Au fait, je peux crécher chez toi mardi soir après la fac ? Je dois voir des potes en ville et ta sœur va encore me faire un fromage du genre « non Jürgen, il faut que tu travailles un peu tes cours, blablabla ».

— Pourquoi pas, mais on demandera quand même à ta mère, moi j'veux pas d'histoires.

— Ben c'est justement ça le problème tonton, ma mère, ta sœur, tu vois. C'est pour ça que je compte sur toi pour la convaincre tonton, d'accord ?

— J'essaierai, dit Sam, mal à l'aise, en s'essuyant le front.

— Cool, merci. Tu sais tonton, même si t'es pas très intelligent, un peu ennuyeux et des fois ringard, et ben je t'aime bien quand même tu vois, dit-il avant de replonger sur son téléphone.

— C'est très gentil Jürgen, merci. J'apprécie, crois-moi.

Pour se remonter le moral il engloutit trois parts de tarte et se laissa lourdement tomber dans un fauteuil, laissant son esprit divaguer sur sa vie et celle de sa sœur. Finalement, pensa-t-il repu, faire le baby-sitter tombait bien car il n'avait pas du tout envie de rentrer chez lui.

La sonnette de la porte d'entrée le tira de sa rêverie.

— Va ouvrir tonton ! hurla Jürgen.

Sam s'extirpa difficilement de son fauteuil. Il se retrouva nez à nez avec Ruth et Alessandro qui passèrent devant lui comme s'il avait été transparent.

— Bonjour, je vais bien merci, ironisa Sam en tendant le bras pour les inviter à entrer.

— Oh pardon m'sieur, s'excusa Alessandro, comment allez-vous ?

Ruth passa devant lui sans s'arrêter.

— Hello ! lança Jürgen qui revenait de la cuisine les bras chargés de boissons et de chocolats, passez devant, j'arrive, vous connaissez le chemin.

— Tu sens drôlement bon, dit Ruth en passant à sa hauteur, c'est le parfum que je t'ai offert ?

— Hein ? Oh oui, mais j'l'ai pris au hasard, bafouilla Jürgen, c'est pas parce que tu venais que j'ai...j'ai pas fait attention, j'veux dire.

Ruth gloussa comme une dinde.

Jürgen, rouge comme une tomate trop mûre, fermait la marche. Au passage Sam lui flanqua un coup de pied au derrière.

— Quoi ? murmura l'ado, ça va pas non.

— *« C'est le parfum que je t'ai offert Jürgen ? »,* mima son oncle hilare. Ta mère a raison, cette poulette est raide dingue de toi mon gars, vas-y fonce, t'as juste à te baisser pour la cueillir elle va te tomber dans les bras. C'est du tout cuit l'ami.

— N'importe quoi, souffla l'ado vexé mais avec un rythme cardiaque avoisinant les 250 pulsations minutes et une sueur abondante.

Il descendit à son tour dans la cave pour la fameuse réunion extraordinaire à huis clos et verrouilla la porte et Sam se vautra dans un fauteuil. Il détestait les surnoms que sa sœur donnait à tout le monde, les Minou, les Nanet, les Doudou, les Samounet...Il détestait leur vie, leur maison, leur quartier, leur folle de chienne mais ce qu'il détestait le plus par dessus tout, c'était de se retrouver seul le dimanche dans son appartement du centre ville.

Alors, pour tromper l'ennui et la solitude, il acceptait à contre cœur les invitations de sa sœur qui n'aurait d'ailleurs pas supporté qu'il lui dise non. Car, sans se l'avouer, Sam se sentait bien chez eux et avait toujours un pincement au cœur lorsque, le soir venu, il devait rentrer tout seul chez lui.

En fait, il enviait secrètement l'amour qui les unissait tous les trois et le bonheur qu'ils dégageaient. Même si, vu de l'extérieur, leur relation pouvait paraître étrange pour un non initié, il n'en demeurait pas moins que Bernard et sa sœur étaient inséparables et très heureux.

Sam, qui n'avait jamais eu de relations sérieuses, venait régulièrement pleurnicher dans les jupes de sa sœur pour se plaindre de tout. Les sujets étaient aussi nombreux que des puces sur un chien errant. Ça allait du président de la république à monsieur Dumont, son gardien d'immeuble, en passant par le type de la météo qui annonçait que du mauvais temps, sans oublier le type de Carglass qui lui filait des boutons.

Il se plaignait aussi des gens de son travail et en particulier d'un certain monsieur Pique qui apparemment voulait sa mort. Olga, patiente, hochait la tête en vaquant à ses occupations. Il la suivait en geignant dans toute la maison, et se plaignait de tout. Du prix du pain, de l'électricité, de l'essence, de la hausse des cigarettes, ce qui, assurait-il fermement, ne l'empêcherait pas de fumer autant qu'avant, quitte à ne pas partir en vacances cette année. Venait ensuite la grosse colère contre le coût de la vie et celui de la nourriture, du prix exorbitant des tomates qui avaient le goût de flotte, des oranges qui n'avaient pas de jus, du jus d'orange en brique qui n'avait pas le goût d'oranges etc. etc. Olga l'écoutait sans broncher.

Depuis la mort de leurs parents elle le maternait pire que leur propre mère. Elle n'arrêtait pas de lui présenter des copines célibataires pour qu'il trouve l'âme sœur et fonde une famille. Ces filles étaient toutes des folles, elles voulaient, soit l'épouser dès la deuxième semaine, soit l'emmener faire du cardio-training, du saut à l'élastique, des pèlerinages, des visites de musées ou d'autres activités loufoques du même genre. Sam les congédiait les unes après les autres au grand désespoir d'Olga qui lui en fournissait de nouvelles.

Aux urgences

Olga abandonna la Logan sur un passage piéton et ils se précipitèrent à l'accueil des urgences. La salle d'attente était à deux doigts d'exploser. Des dizaines de patients, fatigués d'attendre debout pendant des heures, s'étaient assis à même le sol, adossés contre les murs.

Le guichet de l'accueil était saturé et pris d'assaut comme un galion espagnol attaqué par des pirates sanguinaires et l'on devinait le personnel hospitalier débordé et usé. Les longs couloirs, éclairés aux néons blancs, avaient des airs d'antichambres de champs de bataille. Allongés sur des brancards, assis sur des fauteuils roulants ou vautrés sur des bancs, ces soldats de la vie quotidienne, ensanglantés, brisés, coupés ou brûlés attendaient des soins pour certains et le dernier sacrement pour d'autres. Les infirmiers submergés, brandissant dossiers, étiquettes ou radiographies, couraient en tous sens comme des fourmis affolées comme quand un gamin stupide file un coup de pied dans une fourmilière. Certains patients, plus excités que d'autres, s'en prenaient violemment au personnel en les traitant de tous les noms ou en les secouant, ce qui avait pour effet de faire surgir la sécurité qui, manu militari, remettait de l'ordre dans tout ça en expulsant les plus teigneux. Le calme revenait deux ou trois heures puis la tension remontait et tout recommençait.

À grand coup d'épaule, Olga se fraya un chemin jusqu'au comptoir. Certains protestaient mais se calmaient rapidement en apercevant son physique et reprenaient gentiment leur place dans la file en bougonnant. Bernard la suivait tranquillement comme on avait jadis suivi Moïse ouvrant la mer.

— Excusez-moi ? demanda-t-elle à un jeune guichetier dont elle ne voyait que le dessus du crâne chevelu.

— Faites la queue s'il vous plaît madame, prenez un ticket, on vous appellera, répondit le guichetier blasé, sans relever la tête de son ordinateur.

Olga se pencha par dessus le comptoir pour mieux voir le badge du jeune homme.

— Alberto ! C'est toi Alberto ?

À l'évocation de son prénom le jeune homme daigna lever les yeux sur Olga.

— Ça alors, s'étonna-t-il, quelle surprise madame Olga.

— Vous vous connaissez ? demanda Bernard.

— Bien sûr, répondit le jeune homme avec un grand sourire. Elle a monté le kit turbo de ma Subaru. Du travail d'orfèvre, madame, elle tourne comme une montre suisse.

— C'est rien, dit Olga, modeste, j'aime quand les choses sont bien faites, c'est tout.

— Ma femme est un vrai chef, ricana Bernard en s'accoudant au comptoir.

— Je peux faire quelque chose pour vous ? demanda Alberto.

— Oui, j'aurais voulu avoir des nouvelles d'un de mes amis qui vient d'être hospitalisé il y a moins d'une heure. Il a fait une crise cardiaque et nous nous faisons beaucoup de soucis pour lui.

Le jeune homme pianota sur son clavier.

— Comment s'appelle votre ami ?

— Eh vous, râla un homme derrière eux, j'étais là avant alors allez faire la queue si vous ne voulez pas avoir d'ennuis.

— Excusez-nous, on en a juste pour deux minutes, le calma Bernard, on cherche un ami qui vient de faire une crise cardiaque et on s'en va.

— Rien à foutre de ce que vous cherchez bordel, dégagez de là sinon...

— Il s'appelle Henri Baratté, dit Olga avant de se retourner vers l'énergumène qui menaçait Bernard avec son doigt. Elle saisit l'index agressif qu'il pointait sur eux comme un pistolet et le tordit jusqu'à la limite de la rupture. L'homme plia en même temps que son doigt pour éviter la fracture et se retrouva à genoux devant Olga.

— Écoute mon gars, lui dit-elle doucement en se penchant vers lui, mon mari vient de t'expliquer gentiment qu'on en avait juste pour deux minutes, alors soit t'es patient et dans moins de deux minutes on s'en va, soit c'est toi qui vas être hospitalisé pour une fracture de l'index et là c'est sûr que tu vas passer avant tout le monde. C'est comme tu préfères. Est-ce que c'est clair ?

— Aaaah oui c'est clair, répondit l'homme en geignant.

— C'est clair, madame, insista Olga.

— Oui, c'est clair, madame, excusez-moi.

— Tu vois Nanet, il est très compréhensif.

Elle lâcha le doigt et se retourna vers le guichet. Bernard regarda le pauvre type à genoux avec une moue du genre « Je t'avais prévenu ».

— Alors Alberto, tu trouves quelque chose?

— Vous me dites qu'il y a moins d'une heure ?

— Oui.

— Je n'ai rien du tout. Une crise cardiaque ?

— C'est ça.

— Non, rien au nom que vous m'avez donné. Vous êtes certaine que c'est dans cet hôpital ?

— Absolument, les médecins du SAMU m'ont dit qu'il l'amenait ici à Saint Ambroise de Courtaix.

— Je n'ai pas d'entrée à ce nom-là. Attendez, je vais faire une recherche sur les autres hôpitaux de la ville.

— Alors ? demanda Bernard impatient, il a trouvé quelque chose ?

— Apparemment il n'est pas ici, dit Olga en haussant les épaules d'incompréhension.

— Ils ont pourtant bien dit dans cet hôpital, affirma Bernard.

— Je le sais Nanet, ne t'énerve pas. Mais il n'a rien à ce nom-là.

À côté d'eux l'homme massait son doigt endolori en leur jetant des regards haineux.

— Ça va passer, lui dit Bernard en lui tapotant l'épaule, il n'est pas cassé, juste un peu tordu, rien de grave.

— Alors ? demanda Olga.

Alberto secouait la tête en tapant sur son clavier.

— Non je n'ai rien à ce nom-là nulle part madame.

— L'ambulance a peut-être eu un accident, tenta Olga.

— Un accident ? Impossible madame, nous serions déjà au courant. Je ne trouve rien non plus dans les autres hôpitaux de la ville.

— C'est à devenir fou, s'emporta Olga. Il est peut-être dans une clinique privée ?

— Ça m'étonnerait, je suis relié à tous les centres hospitaliers privés ou publics de la région et du département et il n'y a aucun Henri Baratté nulle part. Je suis vraiment désolé madame.

— Mais c'est une histoire de fou ! s'exclama Olga, on l'a vu partir avec l'ambulance. Il y avait mon mari, mon fils et mon frère. Nous ne sommes pas fous.

— Donnez-moi votre zéro six madame. Je vais faire des recherches quand j'aurai plus de temps.

Bernard griffonna tout ça sur un morceau de papier qu'il tendit au jeune homme.

— Merci, dit Olga, et s'il y a un souci avec la Subaru, n'hésite pas à passer au garage.

— Merci madame, je vous appelle dès que j'ai des infos.

Olga fit demi-tour, Bernard sur ses talons. L'homme au doigt meurtri s'écarta vivement pour les laisser passer mais les fusilla du regard.

Assis dans la Logan, ils étaient perplexes.

— Où est-ce qu'ils ont bien pu l'emmener ?

— C'est dingue cette histoire. Tiens, conduis Nanet, dit-elle en lui donnant les clefs, je n'ai pas la tête à ça.

Bernard démarra, passa la première mais quelque chose bloquait. Ils descendirent de la voiture et constatèrent que la police municipale leur avait posé un joli sabot jaune fluo sur la roue avant gauche.

— Bon, dit simplement Bernard les mains sur les hanches, bus ou taxi Minou ?

— Bus.

Depuis l'entrée des urgences, l'homme au doigt tordu qui avait suivi toute la scène, fumait une cigarette en affichant un sourire satisfait.

Ils mirent plus de deux heures pour rentrer chez eux. Bernard allait ouvrir la porte d'entrée lorsque son téléphone sonna.

— Allô ? Oh, attendez une seconde. C'est le gars de l'hôpital.

Il mit le haut parleur.

— Alberto, nous t'écoutons, dit Olga.

— Et bien, je dois dire que c'est assez bizarre madame. Il y a bien un monsieur Baratté qui a été admis chez nous cette après-midi mais…

— Pourquoi ne le trouvais-tu pas tout à l'heure ? le coupa Olga.

— En fait je suis désolé madame, mais monsieur Baratté serait effectivement décédé cette après-midi d'une crise cardiaque, comme vous me l'avez dit.

Il y eut un long silence durant lequel Bernard et Olga se regardèrent interdits, sonnés par la triste nouvelle.

— Allô, vous êtes toujours là madame ?

— Hein ? Oh oui, Alberto, mais pourquoi dis-tu « serait » décédé ?

— Et bien, si je ne l'ai pas vu tout de suite sur mon écran c'est parce qu'il aurait été directement admis à la morgue de l'hôpital.

— Donc ce pauvre Henri est à la morgue ? s'attrista Olga.

— C'est là le souci madame. J'ai appelé mon cousin Luigi qui y travaille et il m'a affirmé qu'il n'y avait pas eu d'entrée au nom d'Henri Baratté cette après-midi.

— Mais alors ? demanda Bernard un peu perdu, monsieur Baratté est à la morgue ou il n'y est pas ?

— Et bien, en fait, répondit Alberto perplexe, c'est là que c'est bizarre. Sur le papier il y a bien un monsieur Baratté qui est arrivé à la morgue cette après-midi, c'est officiel, mais il n'y a pas de corps.

— Il n'est pas décédé alors ? se réjouit d'un coup Olga.

— Ben, en fait, je n'en sais rien madame. Mon cousin va faire des recherches pour éclaircir cette histoire. Dès que j'en saurai un peu plus je vous rappelle.

— Merci Alberto.

Olga avait les larmes aux yeux.

— Henri n'avait pas de famille, dit-elle en reniflant bruyamment. S'il est mort il faut qu'on sache où ils l'ont emmené, pour les obsèques.

— T'inquiète pas Minou, la consola Bernard en la prenant dans ses bras, on va le retrouver, je te le promets.

Ils rentrèrent finalement chez eux.

Dans le salon, Sam qui avait eu raison de la tarte aux pruneaux, était vautré, dans le fauteuil. Il ronflait comme un ogre devant un jeu télé complètement stupide et sans le moindre intérêt pour personne, où les candidats devaient avaler en moins de trente secondes le plus de saucisses possible. Jürgen et ses amis avaient terminé leur réunion extraordinaire et plaisantaient, allongés dans le jardin, sur les différentes techniques pour créer génétiquement un chat volant qui le rendrait beaucoup plus apte à attraper les pigeons. Ruth pouffait et se gondolait, comme de la tôle ondulée, à chaque plaisanterie de Jürgen, qui commençait, quand même, à se poser des questions.

Alessandro, qui avait repéré leur petit manège, ricanait bêtement dans sa barbe. Pupuce, que Jürgen avait détachée, était couchée à côté d'eux, et rognait un bout de bois qui avait dû être une bûche de bonne taille. Olga était obligée de mettre le bois de chauffe sous clef car cette folle de chienne le mangeait, jusqu'à ce qu'il n'y en ait plus. Bernard entra et courut se jeter dans le canapé. Olga, qui avait fait un crochet par la cuisine lui jeta une canette de bière qu'il rattrapa au vol.

— Bien joué Minou, j'ai une de ces soifs.

Le pschitt de l'ouverture réveilla Sam en sursaut.

— Nanet, pesta Olga, t'aurais pu faire moins de bruit !

— Oh, oh, oh, ricana Bernard en regardant son beau frère ouvrir difficilement les yeux, t'aurais pas un peu la tête dans le pâté toi ?

— Quoi ? Mais vous êtes rentrés quand ? Quelle heure est-il ?

— Dix-neuf heures pile beau-frère, t'en veux une ?

— Quoi ? Non, mais un café je veux bien.

— Bouge pas Samounet, j'y vais.

— Merci, mais ne m'appelle pas Samounet, ça me gonfle.

Olga avait déjà filé vers la cuisine.

— Alors ? demanda Sam en se frottant les yeux, comment va Henri ?

Jürgen fit son entrée dans le salon avec ses amis.

— Bonsoir, lancèrent Ruth et Alessandro.

— Salut les jeunes, une bière ?

— Alors ? s'impatienta Jürgen, comment va notre principal investisseur papa ? J'ai attendu tes messages j'te signale, mais rien.

— Jürgen ! hurla Olga de la cuisine, un peu de respect pour Henri.

— C'est ce que j'étais en train de demander à ton père, s'agaça Sam en baillant.

— Et bien, la vérité, c'est qu'on n'en sait rien, répondit Bernard en vidant la moitié de sa bière.

— Mais qu'est-ce que tu racontes papa ?

Pour toute réponse, Bernard rota bruyamment.

— T'es un porc, le gratifia Sam en tournant la tête.

Olga revenait de la cuisine avec le café.

— Salut la compagnie, dit-elle aux deux jeunes. Ton père t'a répondu mon doudou, pas la peine de faire cette tête de demeuré.

— Maman, ne m'appelle pas « mon doudou » devant mes associés s'te plaît, en plus j'n'ai pas une tête de demeuré et ensuite soit Henri est mort, soit il est vivant, c'est l'un ou c'est l'autre, tu vois !

— Il a raison, dit Ruth qui était venue s'assoir sur l'accoudoir du fauteuil dans lequel se trouvait Jürgen, on est soit vivant soit mort.

— Ouais, et bien là c'est gris, ricana Bernard en balançant de gros clins d'œil à sa femme.

— Tu peux nous expliquer ? demanda Sam en remuant son café.

Olga s'assit à côté de Bernard et leur expliqua toute l'histoire en détails.

— C'est un truc de ouf ! s'exclama Alessandro, d'ordinaire très réservé, qui c'est qui perd un cadavre ? Je veux dire, ça ne se perd pas un cadavre.

— Apparemment si, dit Sam en vidant sa tasse de café.

— Vous restez manger avec nous ? dit Olga en se tournant vers les jeunes.

— Merci madame, s'excusa Ruth mais je dois rentrer, mon père va m'attendre.

— J'apprécie votre invitation m'dame, minauda Alessandro, c'est toujours un grand plaisir de dîner en votre compagnie, mais je dois également rentrer. Une prochaine fois.

— Tu serais pas un peu fayot toi, ricana Bernard.

— L'écoute pas Alessandro, pouffa Olga, t'es un gentil p'tit gars.

— Ouais moi aussi, dit Sam en se levant, je vais rentrer, j'ai un truc à faire ce soir et…

— Pour toi Sam ce n'était pas une proposition, tu restes dîner avec nous.

— Courage m'sieur ! lui lança Alessandro compatissant.

— Salut, lança nonchalamment Ruth en le suivant.

— Attendez, j'vous raccompagne, dit Jürgen en disparaissant avec eux.

Sam s'enfonça dans son fauteuil en râlant.

— Et ouais, ricana Bernard, c'est comme ça beau-frère, on ne peut rien refuser à ta soeur. Un autre café peut-être ?

— Finalement je veux bien une bière, pesta-t-il. Jürgen revint dans le salon en agitant une enveloppe sous le nez de son père.

— Tu n'as pas encore signé la lettre que je dois rapporter à la fac demain papa.

— T'affoles pas fiston, je vais le signer ton papelard. Bon sang, mais oui, la lettre, dit-il comme s'il avait vu un fantôme…

— Un souci Bernard ? demanda Sam.

— La lettre ! hurla Bernard en bondissant du canapé, la lettre.

— Ça va, détends-toi papa, je n'suis pas viré c'est juste pour la bourse.

— Minouuuuu ramène-toi !

Olga déboula dans le salon avec son tablier de cuisine, un rouleau à pâtisserie à la main et de la farine sur la joue.

— Quoi ? Je fais une quiche, il y a un souci ? Qu'est-ce qui se passe Nanet ? Pourquoi tu cries comme ça ?

— La lettre Minou, la lettre !

— Quoi la lettre ? Quelle lettre, qu'est-ce que tu racontes ? demanda-t-elle en se tournant vers son fils.

— J'ai dit à papa de signer la lettre que je dois ramener à la fac et il a pété un câble.

— Quoi ?! Mais non pas cette lettre là ! s'énerva Bernard en secouant l'enveloppe. Non, je parle de l'autre lettre, la lettre d'Henri, celle qu'il nous avait dit d'ouvrir que s'il lui arrivait quelque chose d'inhabituel ou de bizarre, tu te souviens Minou ? Et si ce n'est pas bizarre ce qui ce passe en ce moment, je veux bien être changé en agent du gaz sur le champ.

— Mais oui, tu as raison ! s'exclama Olga, la lettre !

— C'est vrai, j'm'en souviens, dit Sam moqueur. On était tous ronds comme des ballons de foot et Henri était pire que nous.

— Vous n'allez pas quand même pas croire ces histoires de poivrots ? ricana Jürgen.

— Pour une fois, je suis assez d'accord avec mon neveu. Je vous rappelle qu'après la lettre, Henri est tombé ivre mort au milieu du salon. Jürgen a raison, ce sont des histoires de poivrots. C'est triste, mais il a fait une crise cardiaque, comme des millions de gens en font chaque jour et il n'y a rien de bizarre là-dedans. Paix à son âme.

— En tout cas, bourré ou pas, assura Bernard, Minou va chercher cette lettre.

C'est à partir de ce moment que leurs vies tranquilles basculèrent.

La lettre

De retour dans le salon, Olga ouvrit l'enveloppe en faisant sauter le cachet de cire. Bernard, Jürgen et Sam, assis en rang d'oignons sur le canapé, attendaient sans broncher. Personne n'aurait osé dire : « Alors c'est pour aujourd'hui ou pour demain ? » Sauf Bernard qui craqua.

— Alors Minou, ça vient ?

Elle lui lança un regard noir.

— Prends ton temps quand même, se radoucit-il.

— Ha, ha, ha, j'me marre d'avance, se moqua Jürgen.

Olga déplia la feuille de papier et la parcourut silencieusement, les sourcils froncés.

— Alors ? demanda Sam, qu'est-ce qu'il raconte ce bon vieux Henri ?

— J'n'y comprends rien, avoua-t-elle en lui tendant la lettre.

La lettre contenait une seule ligne manuscrite en plein milieu. Sam la lut à haute voix.

« ***Courgette-Azalée-Oignon-Olga*** ».

— Qu'est-ce que c'est que cette connerie ? dit Jürgen. J'suis mort de rire, courgettes, patates, poireaux t'avais raison tonton, Henri était complètement cramé quand il a écrit ça.

— Je dois avouer, dit Bernard en se grattant la tête, que je ne comprends pas non plus.

— Qu'est-ce que ça veut dire ? demanda Olga en relisant la lettre. Parce que contrairement à ce que disent certaines mauvaises langues qui sont dans cette pièce, pesta-t-elle, Henri n'était pas un vieux fou alcoolique et ça doit forcément dire quelque chose.

— Ou pas, dit gentiment Sam pour faire redescendre la pression, il s'est pris pour James Bond et nous a fait une blague, voilà tout.

— Non, je suis persuadée que ça cache quelque chose. Henri était en pleine santé, affirma-t-elle en posant la lettre sur la table.

Le repas fut assez calme, contrairement à celui de midi, chacun perdu dans ses pensées. Bernard se demandait comment améliorer son sécateur hydraulique à volailles. Sam se voyait bien partir en Grèce cet été, dans un de ces clubs de vacances tout compris. Jürgen engloutissait des tranches de rôti de porc froid, épaisses comme des annuaires, nappées d'une grosse couche de mayonnaise maison et, chose étrange, pensait presque tout le temps à Ruth. Il avait placé la lettre d'Henri à côté de son assiette et la fixait avec concentration. Olga, le regard vide, pensait à ce pauvre Henri. Etait-il décédé ? Où était-il ?

La sonnerie du téléphone les fit sursauter.

— Allô, chai qui ? demanda Bernard la bouche pleine. Oh Alberto, attendez, che mets le haut-parleur.

Bernard posa le téléphone au milieu de la table, dans la cuillère de mayonnaise.

— Allez-y Alberto, nous vous écoutons.

— Mon cousin Luigi m'a téléphoné, il a questionné son chef à propos de votre ami.

— Et alors ? demanda Olga, impatiente.

— Son chef a eu un comportement bizarre quand il a abordé le sujet. Il s'est énervé et lui a dit de ne plus poser de questions, qu'il n'y avait aucun souci et que le corps de votre ami avait été transféré dans un centre funéraire pour les obsèques mais qu'il ne se souvenait plus dans quelle ville et que tout ceci avait été demandé par les membres de la famille du défunt.

— Des membres de sa famille ? s'étonna Olga. D'après ce qu'on en sait, Henri n'en avait pas.

— Il ne nous en avait peut être jamais parlé, dit Bernard en se curant les dents avec la pointe de son couteau.

— Quoi qu'il en soit, poursuivit Alberto, d'après mon cousin, votre ami ne serait resté que très peu de temps à l'institut médico-légal. Mon cousin a encore insisté auprès de son chef pour savoir dans quelle ville le corps avait été emmené. Là, son chef a carrément pété les plombs. Il lui a dit de ne plus jamais poser de questions sur cette affaire qui n'en était pas une d'ailleurs, sinon il aurait de gros problèmes, serait renvoyé et il ferait en sorte qu'il ne trouve plus de travail nulle part.

— Et est-ce que ton cousin a vu le corps ? demanda Olga intriguée.

— Non madame. Voilà, j'n'en sais pas plus.

— Merci pour tout, Alberto, dit Olga en coupant la communication et essuyant le téléphone plein de mayonnaise.

— Tu vois Nanet, cette histoire n'est pas claire, dit-elle, toute exaltée, en resservant une tranche de rôti à son frère.

— Arrête, j'n'ai plus faim, se plaignit-il en repoussant la tranche sur le côté de son assiette.

— Mange, t'es tout maigre. Je suis sûre qu'il n'y a rien dans ton frigo.

— Oh si, ricana Bernard, rassure-toi Minou, il a toujours des bières, pas vrai ?

— T'as raison Nanet, rigola Sam en levant son verre, un vrai festin de houblon. Cinq fruits et légumes par jour.

— Ah, ah, ah, vous êtes à crever de rire les deux, vous devriez monter un duo comique, vous feriez un malheur.

— T'énerve pas Minou, on plaisante.

— J'ai trouvé ! hurla Jürgen en tapant du poing sur la table.

— Ça ne va pas de crier comme ça, dit Sam en renversant du vin sur son pantalon. T'as trouvé quoi ?

— J'ai trouvé, je vous dis, j'ai trouvé ce que ça veut dire, dit-il en secouant la lettre. C'était une énigme, maman avait raison.

Olga, qui était partie à la cuisine, déboula dans le salon comme un TGV.

— Sache que maman a toujours raison mon doudou, dit-elle avec un large sourire. Explique.

— Ouais, j'ai trouvé, dit fièrement le jeune homme en toisant son père et son oncle.

— Ça va, pas la peine de te la péter comme ça ! dit Sam, nous aussi on aurait pu trouver.

— Ouais c'est ça, avec papa vous êtes comme Sherlock Holmes et Watson, ça se voit tout de suite quand on vous regarde. Les rois de l'enquête.

— Ne sois pas insolent ! gronda Bernard.

— Arrête de l'embêter ! dit Olga avec des yeux noirs comme des boulets de charbon. N'écoute pas ton père et ton oncle mon doudou, ce sont deux jaloux, allez, dis-nous ce que ça veut dire.

Cette fois-ci, ce fut Sam qui regarda son beau-frère l'air de dire : « Toi non plus tu n'as pas le choix, mon pauvre ami » ;

— Et bien, dit lentement Jürgen en se levant pour donner un côté plus théâtral à la scène, c'est un numéro de téléphone.

— Comment ça un numéro ? demanda Bernard, intrigué.

— Ouais papa, et c'est même un numéro de portable si tu veux savoir.

— Et comment tu en déduis ça ? demanda Sam, perplexe.

— Arrêtez de l'assommer avec vos questions et laissez-le s'expliquer.

— En fait le truc qui m'a mis la puce à l'oreille tu vois, c'est ton prénom m'man, je ne sais pas pourquoi mais j'ai tout de suite pensé à ta date de naissance 1970. Ensuite, j'ai repensé à toutes ces après-midis où je vous entendais parler de légumes et de fruits avec Henri dans le jardin, tu sais au sujet de ton potager…

Olga le regardait fièrement, avec un grand sourire d'admiration sur le visage.

— …et je ne sais pas pourquoi, mais c'est le mot courgette qui m'a fait faire tilt. J'entends Henri te saouler avec « quand » il fallait planter les légumes. Je le revois te dire le doigt en l'air comme ça : « Olga, c'est en juin qu'on plante les courgettes, en juin, apprenez-le une bonne fois pour toute et ne l'oubliez plus.» Tu t'en souviens maman ?

— Tu parles si je m'en souviens, j'avais droit à un contrôle dès qu'il en avait l'occasion. « Et les carottes, Olga, quand est-ce qu'on plante les carottes ?... »

— Bon, on peut avoir la suite ? s'impatienta Sam.

— Ouais, dit Bernard…

— Ça va, on peut se remémorer un peu, non, s'agaça Olga. Continue mon doudou, ton père et ton oncle, en plus d'être deux jaloux, sont deux rabat-joie professionnels.

— Et bien, poursuivit Jürgen, le mois de juin c'est le sixième mois de l'année donc le 06. À partir de là, j'ai cherché sur Google. Pour les azalées c'est en avril, le 04. Les oignons blancs, c'est en octobre, le 10 et ton année de naissance c'est 1970. Donc tout ça dans l'ordre de la phrase sur la lettre, ça nous donne donc le 0604101970.

Olga applaudissait.

— Alors, c'est qui le patron ? ricana Jürgen en jetant royalement la lettre au milieu de la table.

— Ce gamin est fou, conclut Sam en saisissant le café que Bernard lui tendait.

— Ça peut être n'importe quoi d'autre, dit Bernard, un numéro de compte, un numéro de dossier, un code, pas forcément un numéro de téléphone.

— Ben t'as qu'à appeler, dit Jürgen, on verra bien si c'est un numéro de téléphone.

— Ouais, super idée fiston, et qu'est-ce que je dis si ça répond ? : « Allô, bonjour, mon fils a trouvé votre numéro de téléphone dans une suite de légumes et je vous appelle parce que mon voisin a fait une crise cardiaque et qu'on ne retrouve plus son corps et que s'il lui arrivait ce genre de chose on devait ouvrir une lettre cachetée que ma femme avait cachée et sur laquelle il y avait votre numéro de téléphone à trouver dans une énigme. » Ah ouais, c'est sûr, il va bien se marrer le type, rigola Bernard en vidant son café.

— Et ben vas-y, dit Olga en lui tendant le téléphone, on verra bien si ça le fait rire le type.

Bernard en avala de travers.

— T'es sérieuse Minou ?

— À ton avis ?

— Mince, t'es vraiment sérieuse.

— Ils ont raison Bernard, l'encouragea Sam, fais-le, au moins on sera fixé.

— Traître !

— Non, j't'assure fais-le, comme ça vous arrêterez de prendre votre voisin pour un espion de la CIA ou je ne sais quoi.

— Allez, vas-y papa, appelle-le pressa Jürgen.

— Oui, appelle mon chéri, insista Olga avec un grand sourire et en lui caressant les cheveux.

— Vous êtes tous dingues, dit Bernard en composant le numéro.

Un long silence s'installa.

— Alors ? chuchota Olga.

— Rien, dit-il étonné, ça sonne et ça coupe. Il n'y a même pas de répondeur.

— Réessaie, dit Olga.

Même chose.

— Bon, et bien en attendant que ça réponde, dit Sam en se levant de table, moi je rentre me coucher.

— Pareil, dit Bernard, j'vais m'coucher. La journée a été chargée et demain boulot.

— Ah, ah, ah, rigola Olga, toi boulot ? T'en fous pas une avec tes potes, ça devrait aller la reprise de la semaine.

— Houlà Minou, détrompe toi, c'est bien plus fatiguant que d'être au chaud dans un garage avec les doigts plein de cambouis, dit-il en la chatouillant.

Olga pouffait en essayant mollement de se dérober aux chatouilles de son mari.

— Vous m'écœurez dit Sam, je préfère partir.

—Tonton a raison, dit Jürgen en détournant la tête. Ne faites pas ça quand je suis là, c'est trop…bizarre. Beurk.

— Et ben file dans ta chambre, rabat-joie. Et encore bravo mon doudou. Et toi Samounet, ne va pas encore te saouler dans un bar. Après je suis obligée de venir pour démêler tes embrouilles.

— J'aurais très bien pu m'en sortir tout seul, s'agaça Sam. J'n'ai jamais pu remettre les pieds dans ce bar à cause de toi, la honte.

— Ouais tonton, ricana Jürgen, c'te honte « Arrêtez de m'embêter sinon j'appelle ma sœur » Ah,ah,ah.

— T'as entendu ta mère toi, tire-toi dans ta piaule, sale gosse.

— Au fait m'man, Ruth m'a laissé un message, elle a oublié son IPod. Je vais faire l'aller-retour chez elle pour lui ramener.

Bernard et Sam ricanèrent en se poussant du coude comme deux collégiens abrutis.

— Vous êtes vraiment débiles, les gratifia Jürgen avant de disparaître dans le couloir.

— Cette fille est dingue de toi, cria Sam.

— Ça suffit, arrêtez de l'embêter, les menaça Olga, sinon ça va mal aller pour vous.

— Bonsoir beau-frère, dit Bernard en ramenant les tasses à la cuisine, moi je vais me pieuter.

Olga raccompagna son frère jusqu'à sa voiture.

— Rentre bien Samounet.

— Arrête avec Samounet, ça m'énerve.

Olga regardait tristement la maison d'Henri.

— Ne te fais pas de soucis sœurette, se radoucit Sam. Tu sais quoi, demain on cherchera sur Google et on finira bien par trouver où auront lieu les obsèques. Et où que ce soit, on ira, je te le promets.

— T'es gentil Sam mais c'est quand même étrange tu ne trouves pas ?

— Non Olga, il n'y a rien d'étrange là-dedans. On n'est pas dans « Mission impossible », on est dans la vraie vie là. Il n'y a pas de complot dans ton lotissement, peut-être à l'Elysée, mais pas ici. Ce pauvre Henri a fait une crise cardiaque et ils se sont emmêlés les pinceaux dans l'administratif voilà tout.

— Oui, mais la lettre Sam ?

— La lettre, qu'est-ce que tu veux que je te dise ? Henri aura voulu rigoler un peu et donner du piquant à ce réveillon. Et ça a marché, regarde tout ce que vous avez fait depuis midi.

Olga avait le regard vide.

— Tu as peut-être raison, Sam dit-elle sans conviction. Allez, sois prudent, je t'appelle demain.

— Tu n'es pas obligée de m'appeler tous les jours non plus, souffla son frère, je suis un grand garçon.

— Je t'appelle demain et puis c'est tout, insista Olga en tapant sur le toit de la voiture, allez, roule ma poule.

Quand Olga sortit de la douche, Bernard, étalé comme une étoile de mer au milieu du lit, ronflait comme un semi-remorque. Elle allait se mettre au lit quand le téléphone de la maison sonna. Elle sauta dessus à la vitesse de l'éclair. Le réveil sur la table de nuit indiquait 23h47. Qui pouvait bien appeler à une heure pareille ? Elle pensa tout de suite à son frère Sam.

— Allô, dit-elle inquiète en chuchotant.

Bernard, légèrement réveillé par la sonnerie, se tourna en grognant et se remit à ronfler de plus belle.

— Olga ? demanda une voix d'hommc.

— Qui êtes-vous ?

— Vous êtes bien Olga ?

— Elle-même mais vous, qui êtes-vous ?

— Docteur Lacrosse Madame, René Lacrosse.

— Qui ça ? demanda-t-elle en écarquillant les yeux.

— René Lacrosse, votre vétérinaire, s'agaça la voix.

— Le vétérinaire ? répéta Olga étonnée. Qu'est-ce qui se passe, pourquoi m'appelez-vous un dimanche soir minuit, j'ai raté le vaccin de Pupuce ou quoi ?

— Non madame, s'irrita le vétérinaire, vous n'avez pas raté de vaccin, mais votre chienne est dans mon jardin.

— Quoi ?!! Ma chienne Pupuce ?!

— Oui madame, votre chienne Pupuce est dans mon jardin en ce moment même.

— Ne quittez pas je vous prie.

Olga courut ouvrir la fenêtre pour regarder dans la niche.

— Pupuce, Pupuce, Pupuce, appela Olga.

Rien, la chienne, qui d'ordinaire répondait à sa maitresse en moins de deux secondes n'était pas là. Même si la bestiole traînait quelque fois la nuit dans le jardin pour chopper deux ou trois mulots inconscients du danger qu'ils couraient en traversant les terres du diable, la chienne aurait immédiatement répondu à l'appel de son nom en jappant.

Olga retourna s'asseoir sur le bord de son lit et reprit le téléphone.

— Allô, Pupuce n'est plus chez nous.

— Évidement ! s'irrita le vétérinaire, puisque je vous dis qu'elle est chez moi.

— Mais vous habitez à plus de dix kilomètres, comment voulez-vous que...

— Qu'est-ce que vous voulez que je vous dise, Pupuce est une chienne pleine de ressources.

— Mais pourquoi est-elle allée chez vous comme ça en pleine nuit ? s'étonna Olga.

— Figurez-vous que je n'en sais rien, chère madame. Vous lui demanderez, peut-être qu'elle vous le dira. En attendant, pourriez-vous, s'il vous plaît, venir récupérer rapidement votre bestiole avant qu'elle ne dévore tous mes nains de jardin ?

Confuse et connaissant le tempérament sulfureux du vétérinaire ancien béret vert, Olga bafouilla quelques mots incompréhensibles, avant de se confondre en excuses.

— Je suis vraiment désolée docteur, elle ne fait jamais ça d'habitude. Le temps de m'habiller et j'arrive tout de suite.

— Je vous attends mais faites vite, dit sèchement le vétérinaire avant de raccrocher.

Olga secoua Bernard.

— Nanet, Nanet réveille-toi. Naneeeeet !

— Qu'est-ce qu'il se passe ? Qui ? Où ? C'est pas moi Minou.

— Rien de grave, je file chez le véto. Pupuce s'est fait la malle, elle est chez lui.

— Pourquoi chez lui ? demanda Bernard, la tête dans le brouillard.

— J'n'en sais rien, tu lui demanderas demain matin au petit dej, peut être qu'elle te le dira.

— Quoi ?

— Rien, laisse tomber, je vais la récupérer. Elle a bouffé tous ses nains de jardins, le vieux est furax. Je reviens.

— Ok à tout à l'heure Minou, et sois prudente sur la rout…

Il tourna sans terminer sa phrase et se remit à ronfler comme un tracteur.

Olga croisa Jürgen dans la cuisine.

— Jürgen ! Qu'est-ce que tu fais encore dans ce frigo ?

— J'ai faim maman.

— Tu exagères, on sort de table.

— Mais on n'a rien mangé, se plaignit l'ado. Et toi, qu'est-ce que tu fais ? demanda-t-il, étonné, en voyant sa mère habillée prête à sortir, tu vas où comme ça ? Tonton s'est encore fourré dans une sale histoire ?

— Quoi ? Oh, non, rien à voir. Je vais chercher Pupuce, elle a fugué. Elle est chez le véto.

— À plus de dix bornes ? Et pourquoi chez lui ?

— J'en sais rien, s'agaça Olga en levant les bras au ciel, on fera une réunion de famille demain matin au p'tit dej et on lui demandera, peut-être qu'elle nous le dira.

— Ah, ah, ah, très drôle, répondit l'ado vexé. C'est lui qui vient d'appeler ?

— Oui, elle a bouffé ses nains de jardin, il est furax.

— Cette chienne est barjo, dit l'ado en embarquant quatre yaourts aux fruits, un paquet de brioches et une tablette de chocolat. Et son véto n'est pas mieux, conclut-il. Ce type est guedin, j'te l'dis m'man, sois prudente. Mais, tu y vas comment, la voiture n'est pas bloqués à l'hôpital ?

— Non, le frère d'Alberto s'en est occupée et nous l'a ramenée dans la soirée, i me devait un service.

— Au fait, tu veux que je vienne avec toi ?

— C'est gentil mon doudou, mais je fais l'aller-retour. Je saurais me défendre si ça tournait mal, t'inquiète pas, et puis il y a Pupuce, rigola-t-elle.

— Comme tu voudras, bonne nuit m'man.

— Tu ne devais pas rapporter son IPod à Ruth ?

— Si, si, je pars dans cinq minutes.

— Sois prudent et ne traîne pas dans les rues mon doudou. Et une dernière chose, fais-moi plaisir.

— Quoi ?

— Arrête de manger ! hurla-t-elle en claquant la porte d'entrée.

Elle sauta dans la Logan et fila dans la nuit.

Chez le véto

Quand elle arriva, Pupuce était tranquillement assise au pied de l'escalier, la langue pendante et dégoulinante de salive. En apercevant sa maitresse, la bête remua frénétiquement la queue et se mit à tourner comme une tornade autour de la voiture. Olga eut toute les peines du monde pour se garer et sortir de la voiture.

— T'es une vilaine fille, gronda Olga en pointant la chienne du doigt. Qu'est-ce que t'as fait ? Hein, vilaine, tu t'es sauvée et t'as mangé les nains de jardin de monsieur Lacrosse. T'es une très vilaine fifille.

Freinée dans son élan de joie par le courroux de sa maitresse, Pupuce s'aplatit comme une crêpe, baissa les oreilles, rentra la queue entre ses pattes arrière et attendit que l'orage passe. La pauvre bête ne comprenait pas pourquoi elle se faisait gronder juste pour avoir dévoré trois ou quatre de ces horribles nains de jardin en céramique, qui, en plus, avaient un horrible goût de pétrole.

— Oh oui, tu peux te cacher, pestait Olga en agitant le doigt, t'es une vilaine.

Attiré par les cris d'Olga et les aboiements de la chienne, René Lacrosse sortit sur le perron de sa maison au premier étage.

— Ne la grondez pas, elle n'est pas responsable. Montez deux secondes s'il vous plaît, j'aimerai vous parler.

— J'arrive docteur et ne vous inquiétez pas, je vous dédommagerai pour les dégâts, il n'y a pas…

— Montez, insista le vétérinaire.

La chienne oscillait entre une joie incontrôlable de revoir sa maîtresse et une peur panique de se faire enguirlander pour un truc qui lui échappait totalement. Après tout, dévorer d'immondes nains de jardin n'était pas si terrible que ça, c'était même rendre service. Les humains étaient vraiment des êtres étranges et peu rationnels pensa la chienne.

Olga grimpa l'escalier et suivit le vétérinaire. Au bout d'un long couloir, ils débouchèrent sur un salon garni de meubles d'un autre temps. Une tapisserie en velours marron dépassée recouvrait tous les murs et donnait un côté très étouffant à l'endroit. Pendouillant dangereusement du plafond, un lustre d'une laideur indescriptible, en verre soufflé, diffusait une lumière blafarde. Olga, mal à l'aise, n'avait qu'une envie : récupérer Pupuce et partir.

— Asseyez-vous je vous prie, dit le vétérinaire d'un ton ferme.

Olga s'exécuta en s'asseyant sur le bord d'un fauteuil bancal juste en face de lui. Personne n'avait dû s'asseoir ici depuis bien longtemps car un nuage de poussière sortit du coussin et s'éleva dans les airs.

— Que se passe-t-il docteur ? demanda Olga pas très rassurée. Vous m'inquiétez, Pupuce a fait d'autres dégâts ?

— Je n'irai pas par quatre chemins Olga. Vous et votre famille êtes en grand danger, lâcha René Lacrosse, sans préambule.

Olga, surprise, ne put retenir un fou rire nerveux.

— Excusez-moi docteur, mais nous avons eu une journée compliquée et je dois avouer que là, c'est la cerise, comme on dit.

René Lacrosse ne bronchait pas.

— Donc, vous dites que nous sommes en danger ?

Elle partit d'un fou rire sans pouvoir se contrôler. René la laissa patiemment se calmer avant de poursuivre.

— Je ne plaisante pas, dit-il le plus calmement du monde. Il y a environ deux heures vous avez composé un numéro de téléphone depuis le portable de votre mari et personne n'a répondu. Est-ce vrai ?

Olga le regardait comme s'il était devenu fou. Ce qui était sûrement à moitié vrai.

— Olga, s'impatienta René, avez-vous oui ou non composé un numéro de téléphone depuis chez vous ?

— Heu, oui, effectivement nous l'avons fait mais…

— Et bien, le numéro que vous avez composé est l'un des miens. Une ligne d'urgence si vous préférez. C'est moi que vous avez appelé.

Pour le coup, Olga n'eut plus du tout envie de rire. Elle souriait bêtement sans trop savoir quoi dire, ni quoi faire.

— Une ligne d'urgence ? Excusez-moi mais je ne comprends rien à ce que vous me racontez.

— C'est normal, c'est très compliqué. D'abord, expliquez-moi comment vous avez eu ce numéro.

Olga expliqua l'histoire de la lettre de leur voisin Henri Baratté.

— Voilà, vous savez tout et j'ai bien peur que ce pauvre Henri ne soit mort tout seul à l'hôpital. Quelle tristesse, dit-elle en secouant la tête.

— Non, dit sèchement René, Henri n'est pas mort. Il a été enlevé.

La phrase claqua comme un coup de fouet.

— Comment ça enlevé, mais qu'est-ce que vous racontez ? D'abord, comment connaissez-vous Henri ? Et puis il n'y a que dans les séries américaines que l'on enlève les gens, pas dans notre lotissement.

— Croyez-moi Olga, je connais Henri et s'il a fait en sorte que vous composiez mon numéro, c'est qu'il se savait en danger et vous aussi.

— Je suis désolée mais je ne marche pas dans votre histoire tordue, c'est du délire. Mon mari et mon frère ont raison, Henri nous a fait une blague, voilà tout.

— Détrompez-vous, Olga, ce n'est pas une blague, c'est très sérieux. Il y a danger. Dès que vous avez composé mon numéro, j'ai tout de suite compris qu'il se passait quelque chose d'anormal.

— Quoi ?!! Mais qu'est-ce que vous avez compris ?

— Qu'Henri n'avait pas fait de crise cardiaque et que c'était un enlèvement.

— Quoi ?! Mais qu'est-ce que vous me chantez ! s'emporta Olga, les pompiers, le SAMU, la police, on ne les a pas inventés tout de même. Nous étions une bonne centaine devant sa maison. On les a tous vus.

Cette fois-ci, ce fut René qui fut pris d'un fou rire.

— Je ne vois pas ce qu'il y a de drôle ? se vexa Olga.

— Chère Olga, excusez-moi de rire, mais vous êtes touchante dans votre naïveté. Ces gens-là pourraient faire gober n'importe quoi à n'importe qui, croyez-moi. L'illusion, voilà ce qui compte Olga. C'est ce que tout le monde croit avoir vu qui tient lieu de vérité pour les médias et pour le peuple, pas ce qui s'est réellement passé. Le peuple doit continuer à consommer sans se poser de questions, sans être inquiété.

Olga, qui n'était pas facilement impressionnable, transpirait abondement. De deux choses l'une, soit ce type était complètement dingue, soit c'était elle qui virait de la carafe.

— C'est pour ça que j'ai attiré votre chienne ici, pour que vous veniez la récupérer et que je puisse vous parler de vive voix. Ça n'a pas été compliqué, Pupuce m'adore.

— Et pourquoi ne pas m'avoir dit tout ça au téléphone ? tenta Olga, sans savoir si elle devait fuir, hurler ou frapper le vétérinaire.

— Parce que vous êtes déjà sur écoute, vous, votre mari Bernard, votre fils Jürgen, vos mails, internet…et je vous le répète, vous êtes en danger.

— Bon, très bien, dit Olga, en se frappant les deux cuisses, je ne sais pas qui vous êtes, ni ce que vous faites, ni à quoi vous jouez et je ne tiens pas à le savoir mais ce que je sais c'est que vous commencez sérieusement à me fatiguer avec vos histoires abracadabrantes Docteur. D'abord, pourquoi serions-nous en danger, nous n'avons rien fait à personne ? Et vous, vous êtes quoi avec Henri ? Des espions ou un truc dans le genre ?

— Croyez-moi Olga, je…

— Ça suffit, je ne vous crois pas. Même si j'avoue avoir marché deux minutes dans votre histoire, je n'en crois pas un mot, poursuivit Olga en se levant de son fauteuil poussiéreux. Je vais partir car demain je travaille et je me lève tôt. Bonsoir Docteur.

— Calmez-vous Olga, je…

— Je resterai calme si je veux, mon bonhomme ! s'emporta Olga. Bonsoir. On se revoit dans trois semaines pour le vaccin de Pupuce.

Sur ces mots, elle se dirigea d'un pas rapide vers la sortie et dévala les escaliers quatre à quatre. Assise en bas des marches, Pupuce terminait tranquillement d'avaler un énième nain de jardin avec un chapeau jaune et une pelle bleue. Quand elle aperçut sa maîtresse, la chienne lui fit des fêtes comme si elle ne l'avait pas vue depuis six mois.

Olga réussit, non sans mal, à la faire grimper dans la voiture, en l'attirant avec un vieux trognon de pain moisi qui agonisait sur le siège arrière depuis des lustres. Elle démarra en trombe, faisant pleuvoir des gravillons un peu de partout dans la cour.

— Attendez ! hurlait René du haut des marches, Olga…

Elle sortit la main par la fenêtre et la secoua pour le saluer à la manière de la reine d'Angleterre et l'air de dire, cause toujours tu m'intéresses.

— Non mais quel taré ce type, pesta Olga en prenant les virages serrés comme Alain Prost, tu te rends compte des conneries que ton véto m'a débitées ?

Pupuce, qui ne comprenait rien à ce que lui racontait sa maîtresse, mais qui sentait bien la tension dans l'habitacle, aboya à vous crever les tympans comme pour dire : « Ouais, j'sais pas trop ce qui se passe ici ni ce que tu m'racontes, mais si jamais quelqu'un embête ma maîtresse, je le mange, compris ? ».

Brinqueballée à l'arrière de la voiture comme un grelot sur un chapeau de bouffon, la chienne empuantait l'habitacle avec son haleine de dragon.

— Aaaaah, mais quelle infection Pupuce, qu'est-ce que tu as mangé, des rats morts ?

Épuisée, Olga arriva enfin chez elle. Pupuce sauta joyeusement de la voiture et dégobilla direct ses nains de jardin indigestes. Une fois soulagée, la bestiole fonça droit dans sa niche parce que c'est bien joli d'aller se promener la nuit mais faudrait quand même penser à se reposer un peu.

Olga se dirigea vers la maison et tourna la poignée. La porte était verrouillée. Elle aurait pourtant juré ne pas l'avoir fermée en partant. Elle sortit les clefs de son sac à main et ouvrit.

— C'est toi Minou ? chuchota Bernard.

— Bien sûr que c'est moi, qui d'autre ? Le pape et ses potes, dit Olga, inquiète. Qu'est-ce qu'il se passe ici ? Attends j'allume.

— Non, surtout n'allume pas.

— Mais qu'est-ce que tu trafiques dans le noir Nanet, et pourquoi tu chuchotes comme ça ?

— Chutttt, viens par ici Minou, je suis derrière le canapé.

Olga, épuisée et à bout de nerfs, le rejoignit en s'éclairant avec la lumière de son portable. Bernard était assis par terre, adossé au canapé.

— T'as récupéré Pupuce ? demanda-t-il avec un grand sourire.

— Oh pour ça oui, répondit Olga en se laissant tomber dans le canapé. D'ailleurs faut que je te dise, ce vétérinaire est complètement maboul.

— Qu'est-ce qu'il s'est passé ?

— Rien, c'est juste qu'il se prend pour James Bond. Mais d'abord, explique-moi pourquoi t'es caché derrière ce canapé dans le noir à une heure du matin.

— Moi aussi j'ai un truc à te raconter, dit Bernard en regardant discrètement par la fenêtre.

— Qu'est-ce qu'il y a ? demanda Olga en regardant à son tour par la fenêtre. Où est Jürgen ?

— Parti rejoindre Ruth je crois, et tant mieux.

— Raconte, tu me fais peur.

— Juste après que tu sois partie tout à l'heure, j'ai été réveillé par des bruits dans le jardin.

— Le nôtre ? demanda Olga.

— Oui, le nôtre, s'agaça Bernard. Donc je me suis levé pour aller voir. Il y avait deux types avec des lampes torches qui sillonnaient le jardin. J'ai pensé à des cambrioleurs parce qu'ils ont fait le tour de la maison mais d'un coup ils sont retournés en courant dans la rue. J'ai rampé jusqu'à la fenêtre du salon et c'est là que j'ai vu les autres.

— Les autres, mais quels autres ? demanda Olga de plus en plus inquiète.

— Les autres types, une demi-douzaine, et des balaizes en plus. Il y avait une camionnette noire garée devant chez Henri. Deux types montaient la garde devant la porte et les autres cambriolaient la maison. Et vu le bruit, ils ont dû tout saccager.

— Des cambrioleurs chez Henri, pourquoi ?

— Ensuite, poursuivit Bernard, les deux types qui étaient dans le jardin sont revenus frapper à la porte.

— Quoi, ici ?! s'affola Olga. Qu'est-ce que tu as fait ?

— À ton avis ? J'les ai invités à boire un verre. Mais non Minou, j'me suis jeté derrière le canapé et puis j'ai appelé les flics tiens.

— T'as bien fait Nanet, et les types ?

— Après, ils ont sonné à la porte puis ils ont encore tambouriné comme des malades. Ensuite ils ont regardé dans le salon avec leurs lampes torches pour voir s'il y avait quelqu'un et puis, il a dû se passer un truc parce j'ai entendu des gens crier dans la rue. Ils sont repartis en courant vers la camionnette et ont sauté dedans. Les types qui étaient chez Henri ont fait pareil et ils sont partis à fond la caisse, il y a à peine cinq minutes, voilà. Ce n'est pas un truc de dingue ça, Minou ?

Olga était livide et ses mains tremblaient.

— Mais qu'est-ce qu'ils nous voulaient ? demanda-t-elle, désorientée.

— J'en sais rien moi, bijoux, argent, IPad, IPhone, en tout cas pas du sucre en poudre, ça c'est sûr. Mais qu'est-ce que t'as Minou ? s'inquiéta Bernard, t'es toute pâle. Ça ne va pas ?

— Mince ! lâcha Olga, livide, le véto a raison alors…

— Qu'est-ce que tu racontes, qu'est-ce que le véto de Pupuce vient faire là-dedans ? demanda-t-il en lui tapotant doucement la main. Je ne sais pas ce que ce type t'as raconté mais je vais lui passer un coup de fil et…

— Écoute, le coupa Olga avec la voix tremblante, je crois que nous sommes en danger Nanet.

— En danger, ricana Bernard, allez, détends-toi, ce n'était que des cambrioleurs qui savaient qu'Henri n'était pas chez lui, voilà tout. Tu sais, il y a des spécialistes dans ce genre de choses, les types se baladent comme ça l'air de rien dans les lotissements, ils font du repérage et informent leurs complices qui viennent cambrioler la nuit. Faut pas s'affoler plus que ça Minou.

— Ah oui, et qu'est-ce qu'ils cherchaient dans notre jardin ?

— Mais rien de spécial, tenta Bernard hésitant mais rassurant. Ils devaient regarder s'ils ne pouvaient pas en cambrioler une deuxième dans la foulée histoire d'optimiser leur temps, ricana-t-il pour essayer de détendre un peu l'atmosphère.

Olga, peu convaincue, fit une moue sceptique.

— Et s'ils sont partis si vite, poursuivit Bernard, c'est parce qu'ils ont fait trop de bruit, ils ont tout cassé dans la maison et ça a attiré l'attention sur eux, voilà. T'inquiète pas Minou, on n'est pas prêt de les revoir dans le coin, sois tranquille. Et puis maintenant que t'as ramené Pupuce, elle va garder la maison comme un dragon, tu la connais, rigola Bernard en lui tapotant la cuisse.

— T'es gentil mon chéri, dit Olga en lui serrant la main, mais j'n'en suis pas si sûre.

— Mais enfin, s'énerva Bernard, qu'est-ce que ce véto a bien pu te raconter pour te mettre dans un état pareil, raconte !

Olga retira son blouson, se servit un grand verre d'eau qu'elle avala d'un trait et raconta son entrevue avec le vétérinaire. Bernard, qui n'en croyait pas ses oreilles, allait appeler le vétérinaire lorsqu'un flash de lumière bleue éclaira le salon.

— Ah les flics, dit-il en se redressant pour regarder par la fenêtre. J'les avais oubliés ceux-là, toujours après la bataille.

Une voiture de police venait de se garer devant la maison.

— J'y vais, dit Bernard.

Olga se précipita derrière lui.

Il ouvrit la porte avant que le policier n'ait eu le temps de sonner.

— Messieurs dames, lança l'agent de police surpris en les saluant vaguement de la main, vous avez appelé pour un cambriolage ?

Réveillée par le bruit et la lumière, Pupuce était sortie de sa niche et hurlait à la mort en montrant des crocs longs comme des sabres. Olga s'excusa auprès du policier et courut l'attacher avec la chaîne en acier trempé.

— Oui c'est bien nous, répondit railleusement Bernard, mais plus de danger, ils sont déjà tous repartis monsieur l'agent. On peut dire qu'ils ont eu de la chance. C'était là, juste en face, dit-il en pointant la maison d'Henri du doigt.

Le policier se retourna lentement pour jeter un coup d'œil.

— Qu'avez-vous vu exactement ?

Bernard raconta ce qui s'était passé dans les moindres détails au policier qui prenait des notes sur un vieux calepin.

— Pourriez-vous identifier ces hommes sur des photos ? demanda le policier en regardant, inquiet, Pupuce se jeter en avant comme un char d'assaut pour briser la chaîne en acier trempé qui était, on se doit de le souligner, de qualité professionnelle.

— Évidemment, assura Bernard, j'ai bien vu leurs visages, ils étaient collés à ma fenêtre, je pourrais même vous les dessiner.

Le policier ne l'écoutait qu'à moitié.

— Dites donc, demanda-t-il tourmenté, c'est un drôle de chien que vous avez là, c'est quoi comme race ?

— C'est une chienne, répondit Olga, on ne sait pas trop ce que c'est comme mélange mais ne vous inquiétez pas, elle est solidement attachée.

— Ça ne serait pas un pitbull croisé avec autre chose des fois ? demanda le policier. Parce que vous savez que c'est interdit d'avoir de tels chiens ?

— Oh non, ricana Bernard, d'ailleurs elle en a quasiment avalé un la semaine dernière. Question pitbulls, on est tranquille, plus aucun ne veut passer devant la maison.

— Ouais ben en tout cas elle n'a pas l'air commode, dit l'agent de police de plus en plus inquiet pour cette chaîne en acier trempé, soi disant de qualité professionnelle qui émettait de drôles de craquements sinistres à chaque coup de boutoir de la bête.

— Mais bon sang de bois ! hurla Bernard, Pupuce ! Mais qu'est-ce qu'elle a cette satanée bestiole à hurler comme ça ? C'est un enfer, on ne s'entend plus parler.

— Pupuce, Pupuce, la ferme ! hurlait Olga. Tu nous casses la tête.

— Ça c'est sûr, ricana Bernard vaudrait mieux pas que la chaîne casse...

— Et donc, reprit le policier pas très rassuré, ces types en question ils étaient combien ? Et ils sont partis comment ?

— Ils étaient au moins cinq et ils sont repartis dans une camionnette Ford noire, regardez, dit-il en lui tendant son téléphone, j'ai même réussi à photographier la plaque d'immatriculation et quasiment tous les types. Ce n'est pas du bon boulot ça chef ?

Le policier jeta à peine un regard sur le téléphone de Bernard. Il regarda à gauche et à droite puis la niche de Pupuce qui avait enfin cessé de hurler. Heureusement car la chaîne, bien que de qualité professionnelle, commençait à montrer de dangereux signes de fatigue.

— Très bien, dit le policier en ouvrant son blouson, nous devrions rentrer à l'intérieur pour la déposition.

— Ce n'est pas au commissariat qu'on doit faire la déposition ? demanda bêtement Olga.

— Effectivement, dit le policer en sortant un pistolet automatique et en le braquant sur eux, mais aujourd'hui on va faire ça chez vous. Allez, reculez.

Olga et Bernard étaient pétrifiés par la peur.

— Mais…

— Dépêchez-vous, ordonna-t-il en les menaçant de son arme au bout de laquelle il venait de visser un silencieux, ce qui ne rassura personne.

Ils reculèrent et s'entassèrent dans un coin de la petite entrée. Le policier allait refermer la porte quand un homme cagoulé surgit silencieusement derrière lui et l'assomma d'un coup de crosse de revolver derrière la nuque. Etrangement, et malgré tout ce raffut, Pupuce avait cessé d'aboyer. Le policier s'effondra comme une poupée de chiffon aux pieds d'Olga et de Bernard paralysés. L'homme cagoulé entra dans la petite entrée déjà bien surchargée.

— N'ayez pas peur, leur dit-il doucement, aidez-moi à le rentrer à l'intérieur et fermez la porte. Allez, bougez-vous un peu, on n'a pas toute la nuit ! ordonna le type cagoulé.

— Vous êtes complètement fou ! hurla Olga au bord de la crise de nerfs, vous avez assommé un policier.

— Ouais, ma femme a raison, tirez-vous d'ici en vitesse, cria Bernard en se mettant dans la position du boxeur. Si vous ne partez pas immédiatement, je vous mets une raclée et je vous lâche mon chien aux fesses et croyez-moi vous le regretterez.

— Quoi, Pupuce ? ricana l'homme derrière sa cagoule ? À part me faire des fêtes, je ne vois pas très bien ce qu'elle pourrait me faire d'autre. Allez, dépêchez-vous, reculez.

— Docteur Lacrosse ? demanda Olga avec des yeux ronds comme des assiettes, c'est vous ?

— Qui ça ? demanda Bernard en baissant les poings.

— Le vétérinaire, dit Olga stupéfaite.

— Oui, c'est moi, et heureusement que je vous ai suivie. Allez, ordonna René, rentrez ce type rapidement, moi je vais couper le gyrophare qui va ameuter tout le quartier. Allez, exécution !

Encore sous le choc, Olga et Bernard tirèrent rapidement le policier dans l'entrée. René les rejoignit et referma la porte derrière lui en s'assurant que personne n'avait été témoin de la scène puis retira enfin sa cagoule.

— Aaaaah, dit-il en se grattant nerveusement le cou, j'n'en pouvais plus de cette cagoule en laine, un véritable enfer. Dans l'affolement j'n'ai pas eu le temps de trouver ma cagoule réglementaire en soie. Alors, encore une belle soirée n'est-ce pas ?

Il ricana de sa propre vanne et se gratta encore énormément le cou qui commençait à être bien irrité.

— Mais pourquoi avez-vous fait ça ? rugit Olga en montrant le policier inconscient. On va avoir de gros ennuis à cause de vous. Vous êtes complètement fou, on va aller en prison.

— Calmez-vous, dit froidement René qui avait cessé de rire, personne n'aura d'ennuis et personne n'ira en prison. Un policier vous dites ? Un policier qui vous menace de son arme de service ? Regardez, dit-il en soulevant la manche du policier inconscient pour dégager son poignet.

Les deux se penchèrent comme un seul homme.

— Vous connaissez beaucoup de gardiens de la paix qui peuvent se payer des Rolex à quatorze mille euros vous ? Moi j'n'en connais pas.

— Mais...

— Et ça continue, dit René, regardez ses chaussures, des pompes italiennes sur mesure à six mille euros la paire. Ça ne vous paraît pas un peu trop « chic » pour patrouiller ?

Personne ne bronchait. Le véto poursuivit sa démonstration.

— Et vous avez déjà vu une patrouille de flics avec un seul homme vous ? On n'est pas en Amérique ici. Dernière chose, dit-il en fouillant le faux policer, pas de papiers, pas de portefeuille, pas de carte de police, rien. Ses poches sont vides comme celles d'un poivrot pour qu'on ne puisse pas l'identifier dans une situation pareille.

— Mais alors qui est ce type si ce n'est pas un flic ? demanda Bernard sidéré.

— C'est un nettoyeur, dit René en se redressant doucement. Bon dieu de dos, j'n'ai plus vingt ans moi.

— Un nettoyeur, répéta bêtement Bernard, mais qu'est-ce que c'est ?

— Un nettoyeur, expliqua René, c'est un type qui nettoie, qui efface, qui règle les soucis, comme dans *Pulp Fiction,* le film de Tarentino, vous voyez, le type en smoking avec la Lamborghini.

— Et c'est nous qu'il venait nettoyer ? demanda Olga abasourdie.

— Hélas, chère Olga, j'en ai bien peur.

— Mais enfin pourquoi, on n'a rien fait de mal ? dit-elle naïvement.

— Non, c'est certain, mais vous êtes les voisins et amis d'Henri et, pour couronner le tout, Bernard a vu ces types qu'il n'aurait pas dû voir et ça, voyez-vous, ils ne peuvent pas se le permettre, vous comprenez ?

— Non, justement, je ne comprends pas ! cria Olga, hystérique. Et que vient faire Henri là-dedans ?

— Comment vous expliquer, vos vies et la mienne ne valent rien à côté de ces affaires-là, croyez-moi. Mais si ça peut vous rassurer, il n'y a rien de personnel, ces types n'ont rien contre vous, ils seraient même de bons camarades pour un barbecue je vous assure. Ils font juste leur travail, rien d'autre.

— Mais j'ai appelé la police, assura Bernard.

— J'n'en doute pas, mais votre communication a été interceptée et c'est lui qu'ils ont envoyé à la place. Les flics n'ont jamais reçu votre appel Bernard. C'est ce que j'essayais d'expliquer à votre femme avant qu'elle ne s'enfuie de chez moi en me traitant de fou.

Bernard prit la défense de sa femme

— Faut dire que ce genre d'histoire est difficile à avaler, vous ne trouvez pas ? Ça n'existe que dans les films, jamais dans la réalité.

— Et pourtant nous sommes bien dans la réalité, nous ne sommes pas dans un film de gangsters.

Olga était partie chercher une bouteille de scotch.

— Mais qu'est-ce qu'on a à voir avec tout ça nous ? demanda-t-elle, en s'envoyant une grande rasade du liquide ambrée. Tiens Nanet, t'en veux ?

Il prit la bouteille et s'envoya la même rasade que sa femme avant de tendre la bouteille à René.

— Non merci, jamais pendant le travail. Avant les explications, on doit se débarrasser de lui, dit-il en montrant l'homme inconscient, mais je peux déjà vous dire que beaucoup de gens vont vouloir vous parler, et ensuite vous tuer.

— Mais pourquoi ? demanda Olga, au bord de la crise de nerfs.

— Parce que vous êtes les voisins et les amis d'Henri depuis trois ans et, qu'Henri connait des choses que ces gens voudraient connaître aussi. Et enfin, parce que tous ces gens croient que vous savez aussi quelque chose à propos des affaires d'Henri. Vous comprenez ?

— Non rien du tout et nous ne savons absolument rien des affaires d'Henri, s'énerva Olga en s'envoyant une autre lampée de scotch.

— Le contraire m'aurait étonné. Mais ces gens veulent en être sûrs, voyez-vous, et le plus simple pour savoir si quelqu'un sait quelque chose, c'est de le questionner et ensuite de le faire disparaître, pour éviter les témoins gênants qui iraient raconter n'importe quoi à un juge. Je sais que mon explication est un peu brutale et que tout ceci est nouveau pour vous, mais c'est le seul moyen de vous montrer à quel point la situation est grave.

Bernard, pris de vertige, s'accrocha au bras d'Olga.

— Alors on va mourir ? dit-il, fataliste.

— Nanet, ressaisis-toi ! cria-t-elle en lui flanquant une grande claque de cow-boy derrière la tête pour le remettre en selle.

— Non, tant que je suis avec vous personne ne va mourir, tout au moins pas ce soir, ricana René. C'est pour cela qu'Henri vous a laissé mon numéro de téléphone, pour une urgence comme celle-ci. Première chose, Bernard, aidez-moi à mettre discrètement ce type dans le coffre de la voiture. Olga, allez me chercher une couverture.

René enfila la veste du faux policier et se mit la casquette sur la tête.

— Vous allez le liquider ? demanda Bernard, inquiet.

— Non, je ne vais liquider personne. On va juste le mettre dans le coffre de sa voiture et je vais l'emmener plus loin.

— Où ça « plus loin » ? insista Bernard en se remettant une rasade de scotch derrière la cravate.

Olga, qui rapportait la couverture, lui arracha la bouteille des mains.

— Ailleurs, répondit simplement René agacé.

— Et ensuite ? demanda Olga.

— Ensuite rien. Vous m'attendez sagement ici pour la suite du programme. Vous n'allez pas croire qu'ils vont vous laisser tranquilles maintenant.

— Et Jürgen qui est parti voir sa copine ? s'inquiéta Olga.

— Alors ils sont ensemble les deux ? ricana Bernard.

— Non, on n'en sait rien Nanet, alors ne va pas l'emmerder avec tes questions lourdingues, sinon...

— Appelez-le sur son portable, ordonna René, vite.

Bernard composa le numéro de son fils.

— Répondeur.

— Laissez-lui un message, dites-lui de vous rappeler de toute urgence et surtout qu'il ne rentre pas à la maison, vous entendez, qu'il reste chez sa copine, pour le moment. Ne mentionnez aucun endroit précis dans votre explication.

— Vous ne connaissez pas mon fils, il va poser des questions, dit Bernard, perplexe.

— Et bien, démerdez-vous, s'agaça René qui commençait d'envelopper le faux policier dans la couverture. C'est votre rejeton. Ensuite, qu'il enlève la batterie et la carte Sim de son téléphone, c'est clair ?

— Qu'il débranche son téléphone ? Vous plaisantez.

— Dites-lui de le faire, insista René en collant son visage à celui de Bernard, c'est une question de vie ou de mort, est-ce clair pour vous ?

— Très clair, répondit Bernard mal à l'aise.

— Bien, quand je serai de retour, vous vous débarrasserez également de vos téléphones, mais pas avant qu'on soit tous réunis.

— Mais qu'est-ce qu'on fait en vous attendant ? demanda Olga perdue.

— En attendant, vous ne faites rien et vous collez Pupuce devant la porte pour qu'elle monte la garde. Je serai de retour dans, il consulta sa montre, une heure maximum. D'ici là, ne répondez pas au téléphone et n'ouvrez à personne et restez dans le noir, compris ?

Ils le regardaient sans réagir.

— Eh, oh, du bateau, dit-il en claquant des doigts devant leurs visages, ai-je été clair sur les instructions à suivre ? demanda René en haussant le ton pour les réveiller ?

— Hein ? Oh oui, dit Olga.

René sortit de sa chaussette un petit revolver et le leur tendit.

— Prenez-ça.

— Qu'est-ce que vous voulez qu'on en fasse ? demanda Olga troublée par l'arme à feu.

— J'en sais rien, ironisa René...euh attendez, vous défendre si on veut vous tuer par exemple.

— On ne veut tuer personne, poursuivit-elle.

— On ne vous a pas demandé de tuer quelqu'un, s'énerva René, c'est juste au cas où, c'est tout.

— Prends-le, dit-elle à Nanet, moi je ne peux pas.

— Vous allez vous décider, oui ou non, s'impatienta l'ancien béret vert, je commence à avoir des crampes.

Bernard saisit délicatement le revolver du bout des doigts, comme s'il allait exploser et le mit lentement dans sa poche de survêtement. Ils roulèrent ensuite le faux policier dans la couverture et le chargèrent rapidement dans le coffre de la voiture de police. René prit le volant et disparut dans la nuit. Comme l'avait demandé René, Olga mis la couche de Pupuce devant la porte de la maison.

— Allez Pupuce, garde, garde la porte, ordonna-t-elle en tapotant la couche de la chienne, garde la maison, t'es une bonne fifille !

Sans comprendre ce qui se passait depuis quelques heures dans sa maison, mais heureuse de rendre service, Pupuce s'assit sur sa couche devant la porte, flair au vent et babines retroussées pour monter la garde et malheur à celui qui voudrait entrer dans sa maison sans la permission de sa maîtresse.

René Lacrosse était un excellent vétérinaire à la retraite mais surtout un ancien béret vert des forces spéciales d'interventions des services secrets. René Lacrosse, qui avait consacré toute sa vie à son travail, était donc célibataire par la force des choses et même s'il avait eu plusieurs relations, plus ou moins sérieuses, elles étaient toutes restées sans lendemain. Ce n'était pas vraiment le genre de mari idéal. Souvent absent et très secret, aucune de ses petites amies n'avait résisté.

René était expert dans divers domaines, aussi variés et distrayants que les explosifs, les armes blanches et à feu. Il connaissait mille et une façons de tuer son prochain avec ou sans les mains, plus ou moins rapidement, selon l'envie ou l'urgence du moment, mais toujours sans bruit et sans trace.

Il était également chevronné dans toute une gamme de spécialités médicales indispensables pour faire avouer n'importe quoi à n'importe qui. Avec son unité, une bande de lascars avec des têtes à animer des goûters d'enfants, il avait sillonné la planète pour le compte de l'état, en réglant plus ou moins officiellement différentes affaires plus ou moins compliquées ou embarrassantes, que tout le monde voulait voir réglées une bonne fois pour toute et dans la plus grande discrétion.

Bardé de médailles de toutes sortes et de toutes tailles pour services rendus à la nation, René Lacrosse avait pris sa retraite après trente ans de bons et loyaux services irréprochables à son pays. Pour se préparer une retraite confortable, il s'était tourné vers les multinationales beaucoup plus généreuses que l'État en terme d'émoluments. Il vendait ses services à des PDG, des capitaines d'industries, des stars, des gens menacés paranoïaques, souvent les deux, contre de très fortes sommes d'argent virées sur son compte en France, car René mettait un point d'honneur à payer ses impôts en France même s'il jugeait abusif et proprement scandaleux ce que lui prenait l'État.

À soixante ans, cet ancien militaire de haut vol des services secrets tenait une forme olympique et aurait flanqué sans forcer une raclée à une dizaine de jeunes morveux insolents et plein de vie. Surnommé « le véto » par les militaires et dans le milieu des mercenaires professionnels, René était craint et respecté. C'était un homme discret, qui parlait peu et à personne. En général il n'aimait pas les gens, les enfants, les abeilles, les pucerons, les canaris, les fêtes de Pâques ou foraines, les bougies à moitié fondues, la vanille, le faux savon de Marseille parfumé à la goyave, le chocolat au lait, le facteur et son remplaçant, le boulanger qui cuisait trop les baguettes, les nuages noirs qui cachaient le soleil, le soleil qui faisait transpirer, les plantes vertes qu'il fallait sans cesse arroser, les séries américaines qu'il suivait en râlant parce qu'il aimait encore moins les séries françaises, les jours fériés, surtout le 1er Mai, les blagues salaces, les apéros, les brunchs parfaitement ridicules et un milliard d'autres choses que vous et moi appelons la vie.

Les habitants du quartier savaient que c'était un vétérinaire à la retraite qui soignait encore à l'occasion quelques bêtes comme Pupuce, mais rien d'autre. Il se passait parfois plus de cinq jours sans qu'il ne sorte de chez lui, ni n'ouvre ses volets. René Lacrosse ne faisait pas le tri sélectif de ses déchets, ni ne déposait ses bouteilles en verre dans les containers prévus à cet effet.

Il se foutait éperdument du réchauffement de la planète et de ses effets catastrophiques, comme la fonte de la banquise, ainsi que du sort des pingouins, des phoques, des manchots, des marsouins, des Esquimaux et de tous ceux qui vivaient sur la glace. Il ne se souciait pas plus de la famine dans le monde que de la surpopulation, des guerres sanglantes et injustes, des tsunamis, des tremblements de terre, des éruptions volcaniques ou des inondations et sécheresses meurtrières. Il ne donnait bien évidement à aucune œuvre de bienfaisance quelconque, ni à aucune association caritative en général ou en particulier. En un mot comme en cent, le monde pouvait agoniser, supplier et crever sous ses yeux, René Lacrosse s'en foutait royalement, comme de sa première verrue plantaire.

La seule chose que cet homme aimait et savait faire, c'était la guerre. Et quelque chose lui disait qu'il allait rapidement reprendre du service.

C’est reparti

René gara la voiture de police au troisième sous-sol d’un parking désaffecté, dans une banlieue de la ville où personne ne s’occupait des affaires des autres, sous peine de gros ennuis. Il sortit une seringue d’une petite boîte se trouvant dans la poche de son treillis militaire et injecta la dose d’anesthésiant au faux flic.

— Bonne nuit amigo, dit-il en refermant le coffre.

Il sortit tranquillement du parking et chercha une voiture facile à emprunter, sans système électronique. Il repéra une vieille Fiat Uno. Il força rapidement la portière, arracha et dénuda quelques fils qu’il relia ensemble. La voiture démarra en moins de dix secondes, il passa la première et s’en alla tranquillement rejoindre Bernard et Olga.

Au sommet d'un building dans le quartier de La Défense à Paris.

Plongé dans le noir, un homme en costume sombre, soi-disant taillé sur mesure, avec un W brodé au fil d'or sur la poche de poitrine, fumait un énorme cigare en admirant royalement les lumières de la capitale à travers l'immense baie vitrée. L'épaisse fumée toxique se répandait lentement comme un venin dans le sang d'une victime. La sonnerie de son portable le tira de sa contemplation.

— Où en êtes-vous ? demanda-t-il nerveusement, en soufflant violemment la fumée vers le plafond. Nos partenaires sont nerveux.

— Nous avons fouillé rapidement la maison de l'invité mais nous n'avons rien trouvé. Nous l'avons questionné assez durement monsieur, et nous avons peut-être une piste.

— Nous n'avons que faire de vos peut-être, nous voulons des résultats. Cela fait cinq ans que nous le cherchons. Qu'a-t-il dit ?

— Il semblerait que nous ayons des coordonnées GPS monsieur. En Amazonie.

— Oui, c'est cohérent, dit l'homme pour lui-même, en tirant nerveusement sur son cigare. Nous devons vérifier.

— Quand ça monsieur ?

— Immédiatement, abruti ! s'énerva l'homme au costume soi-disant sur mesure. Allez directement à l'aéroport avec vos hommes. Je fais préparer le jet. Vous trouverez un téléphone satellite à bord. Appelez-moi dès que vous serez sur place.

— Et l'invité monsieur ?

— Qu'il reste dans sa chambre jusqu'à votre retour. A-t-il parlé d'autre chose ?

— Oui monsieur.

— Et bien racontez-moi ! s'agaça l'homme au W brodé.

— Pendant l'interrogatoire, il a balbutié de ne pas leur faire de mal et qu'ils ne savaient rien, qu'ils n'y étaient pour rien.

— De ne pas faire de mal à qui ?

— D'après ce que nous savons, il s'agirait de ses voisins, monsieur.

— Et bien continuez à le questionner mais qu'il reste en vie, suis-je assez clair ?

— Très clair monsieur.

— Nous le supprimerons quand nous aurons tout récupéré et que nous aurons la certitude que tout a bien été effacé, détruit, et que plus personne au monde n'est au courant de cette horreur.

— Bien monsieur.

— Et ces voisins-là, cette famille franchouillarde, dit-il avec dégoût, qui sont-ils et que savent-ils exactement ?

— Nous nous en occupons monsieur. Nous avons été obligés de quitter la zone rapidement pendant la fouille de la maison de l'invité, nous attirions trop l'attention. C'est un quartier résidentiel de commères où tout le monde épie tout le monde. Nous avons envoyé un de nos hommes qui doit en ce moment même poser les questions et faire le ménage.

— Enlevez-les, faites-les parler et supprimez-les, nous ne voulons aucun témoin.

— Oui monsieur. Monsieur ?

— Quoi encore ?

— Si nous trouvons ce que nous cherchons en Amazonie, quels sont les ordres ?

— Vous nettoyez la zone de fond en comble et qu'on en finisse une bonne fois pour toute avec cette affaire. Si jamais cela était révélé au monde, ce serait le chaos, vous comprenez, le chaos.

— Bien monsieur.

L'homme, au costume sombre soi-disant taillé sur mesure, dont la jambe gauche était légèrement plus courte que la droite, coupa la communication.

— Cinq ans qu'on te cherche sur toute la planète Henri, cinq ans et, depuis tout ce temps, tu te cachais en France. Sacré Henri, cette fois-ci tu vas nous rendre ce qui nous appartient et ensuite tu pourras mourir en paix, rigola-t-il diaboliquement en aspirant de grandes bouffées de tabac dans ses poumons déjà bien noirs et qui n'allaient pas tarder à faire parler d'eux.

Dans le lotissement de Bernard et d'Olga.

René appuya des deux pieds sur la pédale de frein de la Fiat Uno qui partit en dérapage. Une scène de film catastrophe se déroulait juste devant ses yeux. Des camions de pompiers, des ambulances et la police bloquaient l'accès au lotissement. Il gara la Fiat Uno sur un trottoir et partit en courant vers la maison de Bernard et d'Olga. Les hommes du feu, heureux de faire leur métier, couraient dans tous les sens en trimbalant de lourds tuyaux de différentes sections qu'ils raccordaient les uns aux autres, dans un ordre apparemment très complexe et totalement incompréhensible, pour des novices comme vous et moi. Puis, d'autres pompiers, tout aussi comblés que les précédents, mais apparemment d'un grade différent, prenaient ces tuyaux pour aller les connecter rapidos aux bornes d'incendie rouges que l'on trouve le long des trottoirs.

Ensuite, et toujours dans un calme qui forçait le respect, une troisième catégorie d'hommes du feu, aussi radieuse que les deux précédentes mais équipées de bouteilles d'oxygène et de masques sur le visage, s'enfonçait vaillamment dans la fournaise pour arroser les gigantesques flammes qui dévoraient plusieurs maisons du lotissement, dont celles de Bernard et de Henri Baratté. Le hasard fait toujours bien les choses.

« Hé bien, pensa René en se frayant un passage à grands coups d'épaule à travers la foule de badauds agglutinés derrière les barrières de sécurité, ils n'ont pas perdu de temps. »

Tout le quartier s'était amassé comme un troupeau de bovins stupides, les yeux exorbités, avides de contempler la misère de son prochain tout en remerciant le ciel que ça ne soit pas leur maison qui flambe. Hypnotisés par les flammes, personne ne fit attention à lui quand il sauta par dessus la barrière, pour traverser tranquillement le jardin de Bernard et d'Olga.

La maison d'Henri était quasiment réduite en cendres, seuls trois murs luttaient encore bravement contre le feu. En revanche celle de Bernard avait dû être allumée plus tard car les pompiers étaient à deux doigts de circonscrire l'incendie. Un pompier l'aperçut et courut vers lui.

— Eh, vous là-bas ! hurla-t-il en agitant les bras au dessus de la tête, c'est dangereux, faut pas rester là.

— Mes amis habitent cette maison, cria René pour couvrir le vacarme des flammes toutes proches et des lances à incendie, et je suis très inquiet pour eux.

— Rassurez-vous monsieur, la maison était vide quand mes collègues l'ont fouillée. Vos amis ont dû partir juste à temps. Allez-vous renseigner vers les policiers là-bas, dit-il en pointant le doigt en direction des gyrophares bleus.

— C'est une très bonne nouvelle, merci beaucoup, répondit René en lui serrant chaleureusement la main et, encore bravo, à vous et à vos hommes, pour votre courage et votre altruisme.

— Nous ne faisons que notre travail monsieur, allez, il faut partir, c'est dangereux.

— Je suis sincère, toussa René en mettant son mouchoir devant la bouche pour se protéger des fumées nocives qui s'échappaient du brasier. Je sais de quoi je cause, jeune homme. J'en connais un rayon sur le devoir et le courage, croyez-moi.

René fit demi-tour et disparut dans l'obscurité et la fumée.

Le pompier retourna en courant vers ses hommes.

— C'était qui ce type ?

— Un admirateur.

René feignit de s'en aller mais, passa discrètement derrière la maison. Il remarqua immédiatement que la Logan familiale n'était plus garée devant le garage.

« De deux choses l'une pensa-t-il, soit ils ont réussi à fuir avec leur voiture, soit les autres les ont enlevés à bord de leur propre voiture. »

Il continua de parcourir le terrain quand il repéra une masse sombre tapie dans le fond du jardin. René sortit sa lampe torche qu'il pointa en même temps que son arme et avança prudemment.

C'était Pupuce. La bestiole était étalée dans l'herbe et ronflait. Il constata avec amusement que deux doigts humains sanguinolents dépassaient de sa mâchoire. Il s'accroupit pour prendre son pouls.

Ultra rapide. L'animal avait dû recevoir un puissant somnifère. Il parcourut rapidement le corps avec sa main et tomba sur une petite fléchette hypodermique plantée dans la cuisse. Il l'arracha d'un coup sec et la jeta au loin.

— Brave bête, dit-il en lui tapotant l'arrière train, tu as vaillamment défendu ta maison.

Il se releva lentement et distingua, un peu plus loin à travers la fumée qui donnait au jardin un air de marécage hanté, une autre forme sombre. Il s'avança prudemment, toujours en pointant son arme et sa lampe torche. Un homme en sang, à qui il manquait deux doigts à la main droite, gisait dans l'herbe. René ricana silencieusement en imaginant le sale quart d'heure que le type avait dû passer avec Pupuce. Il remarqua également une vingtaine de morsures dont certaines très sérieuses. Il fallait faire vite. Il s'accroupit et ramassa l'arme du type qu'il glissa dans sa poche.

— Aidez-moi, gémit l'homme.

— Avant de t'aider mon gars, il va falloir me dire qui t'a envoyé ici et, ce qui s'est passé.

L'homme cracha du sang et s'étouffa avant de parler.

— Va te faire foutre.

— Aie, aie, aie, mauvaise réponse gringo, sourit René en appuyant le canon de son arme sur l'une des blessures du type.

Le tueur hurla.

— Tu peux crier autant que tu veux. Avec le cirque que font les pompiers pour éteindre l'incendie, personne ne t'entendra.

Il appuya à nouveau sur la blessure. L'homme faillit s'évanouir.

— Arrête !

— Dépêche-toi, je dirai que t'as perdu environ un peu plus d'un litre de sang et qu'il te reste quelques minutes, après terminé, tu rejoins le créateur.

— Je bosse pour le consortium, souffla l'homme.

— Tiens donc, le consortium, répéta René en crachant pour enlever les cendres de sa bouche, c'est toujours ce cher Wilson qui le dirige ?

À l'évocation du nom de son patron, l'homme devint plus nerveux.

— Vous êtes qui ? souffla-t-il.

— C'est moi qui pose les questions fiston, qu'est-ce que tu faisais ici, raconte un peu à papa ?

René allait à nouveau appuyer sur une blessure avec son arme.

— Arrête, le supplia l'homme. Un homme à nous est venu ici faire du ménage, il y a un peu plus d'une heure. Il n'est pas revenu alors ils m'ont envoyé pour voir ce qu'il se passait.

— Là j'te crois, ricana René, continue, qu'est-ce qui s'est passé ensuite ?

— J'ai suivi les ordres, j'ai fouillé de fond en comble la maison de la cible et, comme je n'ai rien trouvé, j'y ai mis le feu, c'étaient les ordres.

— Ouais ça je sais, mais ce qui m'intéresse c'est ensuite...Dépêche !

— Ensuite, poursuivit l'homme dans un effort surhumain, je devais nettoyer les voisins de la cible et aussi leur baraque, pour effacer tous les témoins mais ça a mal tourné et, et...

— Dépêche mon gars, tu te vides, le pressa René.

— J'ai fait trop de bruit, continua l'homme, ça a attiré des gens. Ils m'ont couru après avec des battes de baseball alors j'ai foncé ici pour terminer rapidement le travail, mais une espèce de clébard immonde m'a sauté dessus alors j'ai tiré dans le tas. J'ai dû toucher la colonne de gaz parce que ça a explosé. Ensuite j'ai tiré sur le clébard avec des flèches anesthésiantes que je réservais aux voisins. Voilà tu sais tout souffla l'homme, appelle les secours maintenant.

— Et ces voisins justement, où sont-ils ?

— Merde, j'en sais rien, ils ont dû se barrer pendant le bordel.

— Et Henri, votre cible, où l'avez-vous emmené ?

— J'en sais rien non plus, j'te jure, gémit le type en crachant du sang, les informations sont cloisonnées, on ne sait pas tout.

René enfonça le canon de son arme dans une blessure secondaire. L'homme hurla à mort.

— C'est marrant fiston, mais je ne te crois qu'à moitié là.

L'homme bavait de douleur.

— Dépêche, tu vas y rester, c'est stupide.

Avec un effort le tueur réussit à parler.

—Tout ce que je sais, c'est que pour le moment il n'a pas quitté la ville. J'te jure, j'n'en sais pas plus. Pitié, supplia l'homme en se recroquevillant sur lui-même.

René regarda autour.

— Tu vas me butter maintenant ? demanda l'homme.

— Non mon gars, tu vas aller dire au consortium que vous avez un souci. Tu vas leur dire que le véto est encore de la partie.

— Qui ? toussa l'homme.

— Le véto, répéta doucement René, mais t'es trop jeune pour savoir. En tout cas ce cher Wilson saura de quoi tu parles. Bonne nuit amigo.

René lui administra un solide coup de poing pour l'assommer.

Il se dirigea vers Pupuce et la tira difficilement par les pattes arrière pour la cacher dans les fourrés. Il retourna ensuite vers les pompiers pour leur signaler qu'un homme, gravement blessé, gisait derrière la maison et qu'il fallait faire vite car le type avait perdu beaucoup de sang. Deux pompiers partirent en courant. Il amena enfin la vieille Fiat Uno dans le jardin en défonçant quelques clôtures et chargea Pupuce dans le coffre. Avec l'agitation qui régnait dans le quartier, personne ne fit attention à lui.

René regarda les pompiers emmener rapidement le tueur inconscient sur un brancard pendant que les flics, appelés à la rescousse, cherchaient à la lampe torche dans l'herbe, les deux doigts manquants. Entre-temps, les soldats du feu avaient stoppé l'incendie de la maison de Bernard. Les dégâts n'étaient pas si terribles que ça et facilement réparables, contrairement à la maison d'Henri qui, elle, avait été complètement ravagée.

Il démarra enfin et composa le numéro d'Olga.

À fond la caisse

D'après Bernard, et grâce au bidouillage d'Olga dans le moteur, jamais la Logan familiale n'avait roulé aussi vite. Cramponné au volant, Bernard roulait à tombeau ouvert. Olga, hystérique et secouée comme un prunier, essayait en vain d'appeler Sam.

— Tu te rends compte qu'on a failli y rester Minou ! beuglait Bernard.

— Ouais, mais ralentis, Nanet, tu vas nous mettre dans le décor, hurlait Olga en s'agrippant d'une main à la poignée. Réponds, mais réponds, Sam, qu'est-ce-que tu fous ? Encore, ce satané répondeur, pesta-t-elle.

— Calme-toi Minou, on va aller directement chez lui, dit Bernard en ralentissant.

— Et cette pauvre Pupuce qui s'est sacrifiée pour nous sauver, pleura Olga, tu crois qu'ils l'ont tuée ?

— Tuée ? rigola Bernard, gavé d'adrénaline, tu plaisantes, il n'y a que le diable qui pourrait tuer cette bête. Non, ne t'en fais pas, je suis sûr qu'elle s'en est sortie. Dans la panique, elle a dû filer direct chez le véto, on la récupèrera là-bas.

— T'es gentil, sanglota Olga en se mouchant bruyamment dans un vieux torchon sale. C'était qui ce type ?

— Qu'est-ce-que tu veux que j'en sache ? répondit Bernard les yeux injectés de sang. Un tueur, un nettoyeur, va savoir. En tout cas, il a foutu le feu à la baraque et à celle d'Henri, ça c'est sûr.

Olga se remit à pleurer de plus belle.

— T'inquiète pas Minou, tenta de la consoler Bernard, on en reconstruira une autre encore plus belle, promis.

Ils n'étaient plus qu'à quelques centaines de mètres de chez Sam quand le téléphone d'Olga sonna.

— C'est qui ? demanda Bernard inquiet.

— La messagerie.

— Alors ?

— Chut, j'entends rien ! beugla-t-elle.

L'attente était interminable.

— C'était le véto, gloussa Olga, Pupuce est vivante, elle est avec lui et notre maison n'a pas toute brûlée. Il dit que les travaux ne seront pas si terribles que ça...

— Pas si terribles, pas si terribles, ronchonna Bernard, c'n'est pas lui qui va se taper le boulot.

— ...Il pense, poursuivit Olga en jetant un regard noir à Bernard, que nous allons nous réfugier chez Sam et qu'il nous y rejoint. Mais, il dit aussi d'être très prudents car s'il en a déduit que nous y allions, les autres en ont déduit la même chose et que nous sommes toujours sur écoute et...

Bernard freina d'un coup sec. Ils furent violemment projetés en avant, mais stoppés par les ceintures de sécurité.

— Non mais t 'es complètement taré ! hurla Olga en lui filant un coup de poing dans la jambe.

— Chutttt, tu vas la fermer, pesta Bernard qui venait de couper les phares et le moteur, regarde là-bas au lieu de ronchonner.

— Regarder quoi ?

— Là-bas, les trois types dans la voiture noire, devant chez Sam.

— Tu crois qu'ils sont là pour nous ? s'inquiéta Olga en mettant ses lunettes pour mieux voir.

— J'en sais rien mais on ferait bien d'être discrets. C'est quand même bizarre ces types dans une bagnole comme ça un dimanche soir.

— T'as raison Nanet, on va passer par derrière, fais le tour. J'envoie un message à René pour le prévenir qu'il y a peut-être effectivement des types louches devant chez Sam.

Bernard tourna trois rues plus loin pour ne pas se faire remarquer et gara la Logan devant la porte de service. Olga ouvrit la porte avec le double que Sam lui avait confié pour nourrir son poisson rouge et arroser ses plantes vertes pendant les vacances. Choses qui n'étaient jamais arrivées au cours des dix dernières années car Sam ne partait jamais en vacances et n'avait ni poisson rouge, ni plante verte. Sans allumer, ils entrèrent à tâtons dans l'allée où il faisait noir comme dans une mine.

— C'est vous ? hésita une voix.

Ils faillirent avoir une crise cardiaque.

— Jürgen, demanda Olga affolée, c'est toi ?

— Oui m'man, c'est moi.

— Nom de dieu, Jürgen, pesta Bernard, tu as failli nous faire crever de peur. Qu'est-ce que tu fais ici ? Je t'avais dit dans le message de rester chez Ruth.

— Il n'a pas voulu, dit une autre voix, qui les fit encore sursauter.

— Ruth, demanda Bernard, c'est toi ?

— Oui m'sieur.

— Nom de Dieu, mais vous êtes encore combien, là-dedans ?

— Ben y a encore moi, m'sieur.

—...Alessandro ? sursauta Olga qui se trouvait juste à côté de lui.

— Oui m'dame, désolé si j'vous ai fait peur, c'n'était pas mon intention.

— Vous n'obéissez donc jamais à personne ? s'emporta Olga.

— Non, jamais m'dame.

— Est-ce qu'on peut allumer maintenant ? demanda Jürgen.

— Non surtout pas, gronda Bernard. Mais, comment vous avez su qu'on était là ?

— Facile papa, quand tu m'as laissé ton message de James Bond en carton, avec Ruth on s'est dit que c'était bizarre. On a appelé Alessandro, pour que l'équipe soit au complet, et on a décidé de venir voir ce qui se passait, avec la voiture du père de Ruth.

— En voiture ? répéta bêtement Bernard.

— Oui en voiture. Quand on est arrivé, on a vu un type foutre le feu à la maison d'Henri. On s'est caché. Ensuite des gens du quartier lui ont couru après, il s'est précipité chez nous, et il y a eu les coups de feu puis une explosion. C'est là qu'on vous a vu partir comme des fous avec la Logan. J'étais sûr que vous veniez chez tonton, alors on a pris des raccourcis pour aller plus vite que vous et nous voilà.

— Comment ça plus vite ? se vexa Bernard qui croyait n'avoir jamais roulé aussi vite de sa vie ?

— Et tu as pris la voiture de ton père Ruth ? demanda Olga intriguée.

— Ben oui, j'ai le permis depuis une semaine madame. Mon père dormait, je n'allais pas le réveiller à minuit pour lui demander sa caisse, alors je lui ai laissé un mot pour lui dire que j'l'empruntais et que je dormais chez une copine, enfin, vous voyez ce que j'veux dire m'dame ?

— Non, pas vraiment ma petite Ruth mais ce n'est pas bien grave à côté de ce qui se passe. Je ne suis pas contente. Vous auriez tous dû écouter Bernard et rester loin de tout ça, maintenant nous sommes tous en danger, c'est malin.

— Qu'est-ce qui se passe ? demanda Jürgen. Je pars une heure de la maison et quand je reviens c'est le chaos, il y a le feu au lotissement, on veut vous tuer ? C'était qui ce type avec son flingue ?

— On veut « nous » tuer, rectifia Bernard qui cherchait à tâtons la rampe d'escalier.

— Nanet !

— Ben quoi, faut bien qu'il sache non ?

— Et pourquoi « nous tuer » ? repris ironiquement Jürgen.

— Apparemment, c'est à cause d'Henri mais on n'en sait pas plus pour l'instant.

Toujours dans le noir absolu, Olga et Bernard leur expliquèrent en chuchotant tout ce qu'ils savaient.

— Mais c'est juste mortel ! jubilèrent les jeunes. Le vieux véto, un ancien béret vert ? C'est un truc de fou.

— Comme tu dis mon doudou, un truc de fou ! conclut Olga.

— Et qu'est-ce qu'on fait maintenant ? demanda Jürgen.

— On monte chez Sam rapidos, dit Bernard, on prendra les décisions plus sereinement. Quand à vous deux, dit-il à Ruth et Alessandro, vous rentrez chez vous le plus discrètement possible et vous vous enfermez à double tour.

— Certainement pas, refusa fermement Ruth, je reste avec l'équipe.

— Ouais, moi aussi, dit Alessandro. De toute façon mes parents sont en croisière et, en plus, je suis majeur depuis un mois alors j'fais ce que j'veux.

— Ils ont qu'à monter avec nous, dit Olga, ils seront toujours plus en sécurité là-haut que dans les rues avec ces types qui traînent. On attend René et on voit.

— Ok Minou, on n'a qu'à faire ça, mais ça n'empêche pas que vous êtes des sales mioches têtus, râla-t-il en parlant au mur. Bon, allons-y.

Ils grimpèrent les escaliers quatre à quatre jusqu'au cinquième. À bout de souffle, Bernard tambourina à la porte.

— Sam, c'est nous, ouvre !

Quelqu'un gratta derrière la porte.

Il tambourina à nouveau.

— Sam, nom d'une pipe, tu vas ouvrir cette porte à la fin !

— C'est qui ?

— Nous, moi, Nanet, Jürgen, nous quoi, s'énerva Olga, allez, ouvre.

Sam ouvrit enfin. Ils se jetèrent à l'intérieur avant de refermer rapidement la porte derrière eux. Sam, en peignoir, les cheveux ébouriffés, regardait abasourdi tout ce petit monde s'entasser dans son vestibule.

— Mais qu'est-ce qui se passe ? Qu'est-ce que vous foutez tous ici à une heure pareille ?

— Sexy votre robe de chambre m'sieur, ricana Ruth.

— C'est un truc de malade tonton, expliqua Jürgen, tu vas pas l'croire, je…

Quelqu'un toussa au bout du couloir menant aux chambres.

— Ben, t'es pas tout seul ? demanda Olga, intriguée, en se tordant le cou pour essayer d'apercevoir qui avait toussé.

— Non sœurette, je ne suis pas tout seul.

— Mais tu m'as dit tout à l'heure que tu rentrais directement chez toi, demanda Olga inquisitrice.

— Effectivement c'est ce que je t'ai dit, répondit-il agacé, mais j'ai récupéré quelqu'un sur le chemin, ça te pose un problème ?

— Quoi, hein, non évidemment, répondit Olga mal à l'aise, tu fais ce que tu veux, tu es majeur et vacciné.

— Comme moi, releva Alessandro en tapant Bernard du coude

— Ha, ça va toi !

— Et bien, on dirait que ça te perturbe, poursuivit Sam.

— Et c'est qui ? demanda carrément Olga sans se démonter.

— Olga, gronda Bernard, ça suffit, t'es lourde là !

— Ben quoi, j'ai bien le droit de savoir qui c'est, non ?

— Non Minou, t'as pas le droit, ça ne te regarde pas, dit-il en faisant un clin d'œil à son beau-frère, ce ne sont pas tes oignons.

— J'héberge une amie, répondit Sam pour calmer sa sœur qui était devenue rouge comme un poivron.

— Et tu l'héberges dans ton lit ? ricana Bernard en tapant cette fois-ci le coude d'Alessandro.

— Mais non, t'es con, elle est dans la chambre d'ami. Bon, si je résume, ironisa Sam, vous êtes tous venus chez moi à une heure du matin avec le club des dingos au grand complet pour me poser des questions sur ma vie privée, c'est ça ?

— Ben c'est vrai que vu comme ça et vu que vous n'avez jamais de copine m'sieur, c'est louche et on pourrait se poser des questions, tenta Alessandro.

— Tu veux mon pied au cul, gronda Sam. Alors, qu'est-ce que vous faites ici ?

— C'est un truc de fou tonton, reprit Jürgen en bousculant ses parents pour passer devant. On est poursuivi par des tueurs qui ont foutu le feu à la maison à cause d'Henri, tu sais le voisin qui est mort cet après-midi ?

— Des tueurs !?

— Oui m'sieur, appuya Ruth, des vrais tueurs comme dans les films, avec des flingues et tout.

— Oui tonton, elle a raison. Tu sais le numéro de téléphone sur le papier, et ben en fait c'était celui du véto de Pupuce. Et le véto de Pupuce, et ben, c'est pas un véto, tu vois, enfin si c'en est un mais un ancien, tu vois, en fait c'est une sorte de mercenaire ou d'agent secret, on ne sait pas trop, comme Tom Cruise dans *Mission impossible*. Il a assommé un faux flic, dans notre entrée, qui venait pour nous liquider. Ensuite papa et le véto ont mis le faux flic dans le coffre de la voiture de police et le véto il est parti le liquider ailleurs. C'est un truc de dingue. Et là, juste en bas de chez toi, et ben y avait déjà des tueurs qui nous attendaient mais t'inquiète pas, le véto devrait pas tarder d'arriver avec Pupuce. Voilà pourquoi on est venu chez toi tonton, c'est pour se cacher. C'est pas un truc de ouf ?

— J'aurais pas dit mieux, conclut Alessandro.

Sam tapota gentiment la tête de son neveu puis inspira profondément pour garder son calme.

— Si vous voulez un conseil les jeunes, dit-il le plus calmement du monde, vous devriez sérieusement freiner la vodka Redbull, ça vous monte au chou.

— Mais je vous assure que c'est la stricte vérité m'sieur, tenta Alessandro.

— Toi la ferme, monsieur le faux cul de première.

— Pour une fois, je te jure que c'est vrai, dit Bernard avec un grand sourire. Plus ou moins dans le bon ordre, mais la vérité beau frère, j'te l'jure.

— Nanet a raison Sam, dit gentiment Olga en lui prenant la main. Je t'assure que tout est vrai, c'est une histoire de fou. On est en danger et toi aussi maintenant qu'on est venu chez toi. Et on ne sait pas pourquoi ils nous courent après. On attend le vétérinaire qui doit arriver. Lui, saura quoi faire.

Sam se gratta longuement la tête.

— Ecoute Olga, si tu n'étais pas ma sœur, je vous aurais tous foutus dehors à grand coups de pompes. Mais vu ta carrure, je ne fais pas le poids mais je ne crois pas une seule seconde à votre histoire de tueurs.

Olga, les deux mains sur les hanches, souriait.

— C'est exact mon petit Samounet, tu ne fais pas le poids et pourtant c'est la vérité. Nous aussi on n'y croyait pas et pourtant…

— Bon, la coupa Sam, j'avoue que la blague est assez drôle. La lettre codée du voisin mystérieux, l'ancien véto tueur à gage, le côté «Au secours on est en danger de mort…» est très amusant, mais là, je suis fatigué et j'ai d'autres chats à fouetter. Bonsoir, dit-il en leur indiquant la porte avec sa main.

— Bonsoir, dit timidement une voix derrière eux. Tu as des ennuis Sam, je t'entends crier ?

Tout le monde se retourna.

Une femme d'une bonne soixantaine d'années se tenait dans l'encadrement de la porte du couloir. Elle avait de longs cheveux gris attachés en queue de cheval et portait une chemise de nuit avec une robe de chambre par dessus.

— Non Jeanne, il n'y a pas de problème, soupira Sam, c'est juste une petite réunion de famille improvisée. Je te présente mon beau-frère Bernard, ma sœur Olga, mon neveu Jürgen et ses associés, Ruth et Alessandro, le fayot. Tout le monde, je vous présente Jeanne.

— Salut Jeanne, lancèrent jovialement les trois ados.

Olga fusilla Jeanne d'un regard noir et un gros malaise s'installa dans le petit vestibule.

— Oooh non, s'expliqua Jeanne en s'adressant à Olga pour briser ce silence insupportable. Je vois ce que vous pensez. Non Olga, rassurez-vous, je ne suis pas la petite amie de votre frère. Je ne suis pas une couguar comme on dit aujourd'hui. Il pourrait être mon fils et…

— Mais je ne crois rien du tout, chère madame, la coupa sèchement Olga.

— Tu n'as pas à te justifier Jeanne, s'agaça Sam.

— Mais j'n'ai rien dit, se défendit Olga, mal à l'aise, en constatant que tous les regards étaient braqués sur elle.

— Effectivement tu n'as rien dit mais tu l'as pensé tellement fort qu'on l'a tous entendu très nettement, souligna Sam.

— Mais non, je, tu, je ne suis pas...bafouilla Olga, de plus en plus mal à l'aise. Mais dis quelque chose toi, dit-elle en regardant Bernard.

— Qu'est-ce que tu veux que je dise Minou, s'excusa Bernard en haussant les épaules, c'est toi qui as pensé ça, pas moi, ricana-t-il bêtement en faisant un clin d'œil à l'assemblée.

Pour toute réponse il reçut un bon coup de coude dans le ventre.

— Allons, calmez-vous, dit Jeanne avec un grand sourire, Sam a la gentillesse de bien vouloir m'héberger.

— Encore une fois, tu n'es pas obligée de t'expliquer Jeanne.

— Ce n'est rien Sam, laisse. Votre frère, poursuivit-elle d'une voix très douce, m'héberge depuis un mois. Je suis dans une situation délicate. Un divorce qui tourne mal et mon ex-mari est un homme particulièrement violent qui ne voit pas la chose de la même manière que moi. J'ai donc quitté le domicile et n'ayant pas de famille ni d'endroit où aller, Sam, que je connais depuis quelques années, m'a gentiment proposé de m'héberger le temps que les choses se calment. Voilà, vous savez tout.

— Ça c'est bien Sam ! dit Bernard en le gratifiant d'une grande claque dans le dos. La gentillesse même. Tu vois Minou, ce n'était pas la peine de faire toute cette histoire, t'as vraiment l'esprit mal tourné.

— Oh toi, ça va hein ! dit-elle toute rouge. T'en veux une autre ?

— Je t'aime Minou.

— Arrêtez ça ! dit Jürgen en tournant la tête. Vous me dégoûtez.

— Laisse-les tranquilles ! dit Alessandro. C'est l'amour.

— Jeanne, dit solennellement Olga, veuillez accepter mes excuses si je vous ai offensée. Je ne voulais pas être mal polie, c'est juste que je suis très possessive et que...

— Ne vous excusez pas, dit Jeanne en lui prenant gentiment la main, vous pourriez être également ma fille.

— Non, mais quels salauds ces mecs ! s'énerva Olga. Vous voulez qu'on aille le trouver votre ex-mari, pour voir comment il se débrouillerait avec une femme comme moi ? J'aimerais bien voir ça.

— Ouais Jeanne, si vous voulez que ma femme aille lui mettre une raclée y a qu'à demander, elle adore ça ! proposa Bernard avec un grand sourire.

— Vous êtes gentils, je préfère régler ça en douceur si possible mais je vous remercie tout de même pour votre proposition.

— Bon, tout ça c'est bien joli ! les coupa Sam. Merci d'être venus me déranger pour me raconter des conneries à dormir debout, mais bonsoir tout le monde, dit-il en les repoussant vers la porte d'entrée.

Le téléphone d'Olga sonna.

— C'est le véto ? dit-elle tremblante. Allô ? Oui, oui, oui. Quand, là, maintenant ? Houlalalala.

Olga raccrocha, toute pâle.

— Qu'est-ce qu'il se passe ? demanda Bernard inquiet :

— Il arrive. Il dit que les types devant la porte en bas dans la voiture, ont dû voir la lumière s'éclairer chez Sam parce que justement, ils ne sont plus dans la voiture et d'après lui ils sont en train de monter ici. Houlalalala, qu'est-ce qu'on va faire Nanet ? s'affola Olga.

— Qui monte ? demanda Sam.

— J'espère que ce n'est pas mon ex-mari, dit Jeanne, légèrement inquiète.

— Non rassurez-vous Jeanne, c'est plus grave que votre ex-mari, dit Bernard en souriant, ce sont juste des tueurs.

— Vous avez des ennuis avec des tueurs ? demanda-t-elle interloquée.

— On vient de tout expliquer à Sam mais il ne nous croit pas. Hein beau-frère que tu ne crois pas notre histoire ?

Sam se tourna vers Jeanne.

— Ils sont soi-disant poursuivis par des tueurs à cause de leur voisin qui serait une sorte de James

Bond, enchaîna-t-il ironiquement. C'est ça ou je me trompe sœurette ?

— C'est ça frérot, c'est exactement ça, répondit-elle en se tournant vers Jeanne. Je suis désolée mais nous ne savons pas pourquoi ces types nous poursuivent. D'après le peu que l'on sait, ce serait à cause de notre voisin Henri. Un homme sympathique mais qui, apparemment, et on vient de le découvrir, aurait des activités annexes pas très nettes. Un type a foutu le feu à nos maisons tout à l'heure. Mais le véto de notre chienne, qui est un ancien para, je crois, nous aide et je ne sais pas pourquoi non plus d'ailleurs. C'est lui qui vient d'appeler et il arrive.

— Tu vois Jeanne, dit Sam en secouant la tête, c'est n'importe quoi.

— Et bien, en effet, dit-elle prudente, je dois avouer que cette histoire est peu banale Olga.

— Je ne vous le fais pas dire.

Au même instant, ils entendirent du bruit dans les escaliers.

— Je conseille à tout le monde d'aller rapidement se cacher dans le salon, dit Bernard en éteignant toutes les lumières. Avec un peu de chance...

— Il a raison, les encouragea Olga, et ne faites pas de bruit surtout.

Les trois ados, courageux mais pas téméraires, foncèrent se cacher les premiers.

— Mais vous êtes tous devenus fous, soupira Sam, vous commencez sérieusement à me casser les…

Bang, bang, bang ! Quelqu'un frappa violemment contre la porte d'entrée. Bang, bang, bang !

— Ce sont eux, ce sont les tueurs, chuchota Jürgen dans l'oreille de Ruth qui n'était pas très rassurée et qui s'accrochait à lui comme une sangsue.

— Qui c'est ? demanda Sam en se tournant vers sa sœur. Vous attendez encore du monde ?

— Non Sam, n'ouvre surtout pas.

— Mais enfin Olga, arrête un peu de délirer, il n'y a que dans les films que ce genre d'histoire arrive.

— La preuve que non, beau-frère, sourit Bernard.

Pas très rassuré malgré tout, Sam entraîna Jeanne derrière le fauteuil pour se cacher.

— Et merci de les avoir amenés jusque chez moi, chuchota Sam.

— De rien tonton, ricana Jürgen qui appréciait finalement que Ruth soit accrochée à lui.

— Vous allez la fermer, ordonna Olga.

— Oui madame, obtempéra Alessandro, nous allons faire silence. Vous avez entendu ce qu'a dit Olga, taisez-vous, lança le jeune homme.

— Non mais quel fayot celui là, dit Bernard en secouant la tête.

— Chuuuut bon sang !

Les types essayaient maintenant de défoncer la porte à grands coups de pied. Dans le salon tout le monde gardait le silence sans trop savoir quoi faire. Il y eu une nouvelle série de coups violents contre la porte, puis des voix, des cris étouffés, puis encore des coups contre la porte. Bernard glissa machinalement la main dans sa poche de blouson et tomba sur le petit pistolet que lui avait donné René Lacrosse un peu plus tôt dans la soirée.

— Minou regarde ça, dit-il à Olga en lui montrant l'arme.

— Mais qu'est-ce que tu fous avec un flingue ? s'inquiéta Sam. T'as eu ça où, t'es complètement dingue ou quoi ?

— Il n'est pas à lui, répondit Olga, c'est le véto qui lui a donné.

— T'as un vrai flingue papa ? s'extasia Jürgen.

— Ouais fiston et crois-moi, j'n'en suis pas fier.

— Il est chargé ? demanda Sam, de plus en plus inquiet.

— Évidemment qu'il est chargé, répondit Olga en haussant les épaules, sinon ça sert à quoi d'avoir un flingue pas chargé, tu peux me le dire ?

— Tu sais t'en servir ? demanda Sam, perplexe, qui commençait à croire un tout petit peu à leur histoire.

— Non, avoua Bernard, c'est juste pour leur faire peur.

— Ouais, ben braque ce truc vers la porte, lui conseilla Olga, tu pourrais blesser quelqu'un avec ça.

— Je suis désolé pour tout ça, s'excusa Sam auprès de Jeanne qui était allée rejoindre Olga et les ados derrière le canapé.

— Ne t'excuse pas Sam, ce sont des choses qui arrivent.

— Mais non justement, s'énerva Sam, ça n'arrive jamais ce genre de choses.

Sous les coups violents des agresseurs, la porte commençait à montrer des signes de faiblesse. Bernard pointa nerveusement l'arme vers la porte les deux bras tendus et la tête tournée sur le côté.

— Fais gaffe, dit Sam, on n'est pas à la fête foraine.

— Et tu crois que je fais quoi, dit nerveusement Bernard.

— Et faites aussi attention au recul m'sieur, lui conseilla Alessandro.

— Au recul ?! Mais qu'est-ce que tu y connais en arme à feu toi le moucheron ?

— Mon père est membre d'un club de tir et j'y vais souvent avec lui le dimanche.

— La ferme, lui chuchotèrent Sam et Bernard, d'une seule voix

La porte, bien que résistante, finit par céder dans un sinistre craquement. Deux types s'étalèrent avec fracas dans l'entrée de Sam, tandis qu'un troisième les enjambait, une arme à la main. Bernard, tétanisé par la peur et aveuglé par la lumière de l'allée, vida le chargeur du petit revolver en tirant dans le tas. Le bruit assourdissant des coups de feu leur vrilla les tympans et une forte odeur de poudre envahit l'appartement. Puis ce fut le silence, un silence pesant qui sembla durer des heures. Bernard, tout tremblant laissa tomber l'arme à ses pieds.

— Ils sont morts ? demanda Ruth en sortant la tête de sa cachette.

— J'n'en sais rien, mais restez cachés, ordonna Sam en s'avançant doucement vers Bernard.

— Ça va Nanet ?

Pas de réponse.

— Oh, Nanet ça va ?

— Ouais, je crois, dit-il en se tâtant comme on tâte un melon pour voir s'il est mûr.

L'homme qui avait enjambé les deux autres était étendu au sol et gémissait. Bernard récupéra l'arme et la pointa maladroitement en tremblant sur l'homme étendu par terre.

— Ne bougez pas sinon…

— Sinon quoi ? cracha l'homme. Vous allez encore tirer dans les murs ? En plus votre arme est vide.

— Quoi ?! Mais comment vous le savez ? demanda Bernard en tournant le revolver dans tous les sens.

— Monsieur Lacrosse ? demanda Olga en sortant la tête de derrière le canapé, c'est vous ?

Jürgen, assis par terre, se tourna vers Jeanne qui reprenait également ses esprits.

— C'est le véto madame, vous savez, l'ancien para. Et ben c'est lui.

— Appelez-moi Jeanne, les enfants, sourit-elle, pas madame.

— Ok Jeanne, dit l'ado en sortant la tête sur le côté du canapé pour voir un peu ce qui se passait. Alessandro s'était carrément levé pour aller voir.

— C’est vous Docteur ? demanda Bernard.

— Oui, c’est moi, dit-il péniblement en essayant de se relever. Venez m’aider, vous m’avez tiré dessus espèce de crétin des alpes.

Olga se précipita.

— T’aurais pu faire attention Nanet.

— Ben quoi, j’aurais voulu t’y voir toi.

— T’es vraiment une quiche, l’enfonça Sam, t’aurais pu tous nous tuer.

— Vous n’êtes que des hypocrites et des jaloux, pesta Bernard, c’est tout.

— Et pour le recul ça a été m’sieur ? s’inquiéta Alessandro.

Bernard lui fila une taloche derrière la tête.

Jeanne, qui était également sortie de derrière le canapé, les avait rejoints autour de René.

— Laissez-moi regarder, dit-elle gentiment, je suis infirmière, à la retraite certes, mais infirmière quand même.

— Alors beau-frère, crâna Bernard en mettant le pistolet à sa ceinture comme un gangster, tu nous crois maintenant ?

Sam se pencha, effrayé, sur les deux hommes étendus dans l’entrée.

— Ils sont morts…

— Non, le rassura René, juste dans les vapes et le troisième est étendu au rez-de-chaussée. Avec tout ce boucan vos voisins ont déjà dû appeler les flics. Il va falloir partir d’ici rapidement.

Olga l’aida à s’asseoir sur une chaise pour que Jeanne évalue la blessure.

— C'est très sérieux, dit-elle, il faut soigner ça rapidement. Apportez-moi des serviettes s'il vous plaît.

— On verra ça plus tard chère madame, lui dit poliment René en essayant de se lever, pour le moment nous devons partir.

— Appelez-moi Jeanne.

— Enchanté Jeanne, moi c'est René, René Lacrosse.

— Je suis infirmière, je connais bien ce genre de blessure et…

— Je vous crois sur parole Jeanne, la coupa René, je suis vétérinaire, également à la retraite, et je connais aussi très bien ce genre de blessure croyez-moi. Mais nous devons partir.

— D'accord mais laissez-moi au moins comprimer la plaie pour arrêter l'hémorragie.

— Faites vite, céda René en serrant les dents.

Olga, qui revenait avec des serviettes et un antiseptique, assista Jeanne.

— Qui sont ces jeunes ? demanda René.

— Les membres du club de science de mon fils, financé par Henri Baratté en personne, expliqua Bernard. Ces sales mioches sont aussi têtus qu'un manche de pioche et n'en font qu'à leur tête.

— Pour leur sécurité ils viennent avec nous dit, simplement René.

— Génial, dit Jürgen en tapant dans la main de Ruth.

— Si on peut être utile à quoi que ce soit monsieur Lacrosse, dit Alessandro, faut pas hésiter à demander, on est vos plus grands fans.

— C'est vrai que tu fais un peu faux cul quand même, se moqua Ruth.

— Eh oh, les interrompit Sam qui commençait à paniquer sérieusement, c'est bien joli tout ça mais qu'est-ce-qui va se passer maintenant hein ? Qu'est-ce que je vais devenir moi ? Et qu'est-ce qu'on va faire de ces types ?

— Toi, toi, toi. Toujours toi ! hurla Olga, qui visiblement craquait. Non mais quel égoïste tu fais ! Et nous, tu y as pensé à nous, à Pupuce, à Jeanne, à Monsieur Lacrosse que Bernard a blessé, à ton neveu et à notre maison qui a cramé ! Tu n'y penses pas à ça, hein ?

— Olga, dit René en se relevant avec l'aide de Jeanne qui venait de terminer un pansement provisoire, on s'en va. Et vous jeune homme, dit-il à Sam calmez-vous et venez avec nous. Chaque chose en son temps.

— Ah ouais super idée ça m'sieur le tueur. Je vais vous suivre, la bonne blague. Et on va où ? Se faire une pizza tous ensemble pour fêter ça ?

— Sam tu la fermes, gronda Olga, ressaisis-toi ou j'm'en occupe.

— Laissez-le, dit René, il est choqué ça va passer. Mais, dit-il calmement en se tournant vers Sam, s'il préfère rester ici pour expliquer ce merdier aux flics et s'expliquer avec ces types quand ils se réveilleront, c'est son droit.

— Ça va, c'est bon, j'ai compris, dit Sam, je pars avec vous. Et les flics, qu'est-ce que je vais leur dire ?

— On ne va rien leur dire, dit René. Ils croiront que c'est un cambriolage qui a mal tourné entre voleurs. Allez, ordonna-t-il, tout le monde retourne deux ou trois meubles dans le salon. Toi qui voulais nous aider, dit René en mettant la main sur l'épaule d'Alessandro, c'est le moment. Videz les armoires et retournez les matelas dans les chambres. Ensuite, quand les flics vous appelleront tout à l'heure pour vous dire que vous avez été cambriolé, vous leur direz que vous n'êtes pas en ville et que vous rentrez le plus vite possible. Allez, il faut partir maintenant, j'entends déjà les sirènes qui approchent.

Ils tendirent l'oreille mais personne, hormis René, n'entendit quoi que ce soit.

— On va où ? demanda Bernard en retournant, avec un certain plaisir, la table basse du salon.

— Je vous le dirai, en route, dépêchez-vous.

— Vas-y doucement Nanet, dit Sam, perdu, qui revenait de sa chambre avec un tas de vêtements qu'il jeta par terre.

Jürgen, Ruth et Alessandro mettaient beaucoup de cœur à l'ouvrage pour saccager l'appartement.

— Chère Jeanne, je crains que vous n'ayez d'autre choix que de venir avec nous, dit René en sautillant sur une jambe vers la porte d'entrée.

— Et bien, ça me changera de mon quotidien, dit-elle avec entrain. Je suis pour les nouvelles expériences et j'avoue que, depuis que je suis à la retraite, je m'ennuie un peu.

Olga tapa dans le dos de son frère.

— Tu vois frérot, Jeanne est contente de ce qui arrive. Elle ne râle pas tout le temps, elle.

— Vous êtes tous malades, pleurnicha Sam en s'habillant rapidement, on veut nous tuer et vous, ça vous fait rire.

— Ça ne nous fait pas rire, rectifia Bernard qui vidait par terre le contenu d'un tiroir, on dit juste que ça nous change du quotidien.

Jeanne courut enfiler des vêtements et ils descendirent rapidement par l'escalier de service en soutenant René qui, malgré le pansement de Jeanne, perdait encore du sang.

— Allez chercher Pupuce dans cette Fiat là-bas et foutez-là dans votre coffre, dit-il à Olga. Bernard, prenez le volant, je vous dirai où aller. Les jeunes, venez là. Vous avez une voiture et un GPS ?

— Oui m'sieur, affirma Jürgen.

— Alors retrouvez-nous à cette adresse.

Il leur tendit une carte de visite.

— Vous roulez doucement, vous mettez votre ceinture, vous ne téléphonez pas en roulant, vous respectez le code de la route et vous ne vous faites pas remarquer. Vous partez par cette petite rue là-bas dit-il en leur montrant du doigt, ensuite le GPS vous remettra sur la bonne route. Une fois sur place vous vous garez devant le numéro, vous coupez vos phares, vous baissez les sièges avant et toi tu te couches à l'arrière, dit-il à Alessandro, et vous nous attendez sans vous faire voir. Est-ce que tout est clair pour vous ou est-ce que je dois répéter une partie des instructions ?

— Inutile m'sieur, c'est très clair m'sieur, répondit Jürgen tout exalté.

— Alors filez discrètement, allez, go.

— Soyez extrêmement prudents, leur dit Olga en les serrant tous les trois.

— Maman, tu nous étouffes.

— Allez filez ! dit-elle inquiète.

Ruth démarra tranquillement sans attirer l'attention et disparut dans la rue que René leur avait indiquée.

— Bien, dit René satisfait, allons-y.

Jeanne l'aida à s'assoir à l'avant de la Logan.

— Il vous faut rapidement des soins, vous avez perdu beaucoup de sang.

— On ne va pas très loin Jeanne, ne vous inquiétez pas. Là où nous allons vous trouverez tout le matériel nécessaire pour m'aider à soigner cette blessure.

Jeanne, qui avait des compétences en médecine, restait tout de même dubitative devant une blessure de cette envergure mais ne le montra pas. Pupuce, complètement désorientée après un réveil brutal loin de chez elle, mais tellement heureuse de revoir toute sa famille d'un coup, faillit défoncer le coffre de la Fiat pour sortir. Olga eut bien du mal à canaliser la bête pour la faire grimper dans le coffre de la Logan. Ils s'entassèrent et Bernard démarra.

— Qu'est-ce-que c'est que cet animal immonde ? s'étonna Jeanne en regardant Pupuce dévorer l'appui-tête arrière.

— C'est Pupuce, notre chienne, répondit Olga vexée. C'est un croisement étrange certes mais c'est ma chienne.

— Excusez-moi Olga, je ne voulais pas vous offenser, c'est juste que ça surprend la première fois. Pardonnez-moi.

— Ça va, ne vous excusez pas, dit Sam, cette bête est vraiment trop moche.

— Je vais où ? demanda Bernard nerveux.

— Tournez à gauche et prenez l'avenue en face de vous, dit René qui serrait les dents à chaque soubresaut de la voiture.

À peine avaient-ils démarré qu'ils croisèrent des voitures de police, toutes sirènes hurlantes, qui se garèrent devant l'immeuble de Sam. Des policiers bondirent des véhicules et foncèrent, l'arme au poing, dans l'immeuble.

— Houlalalala, s'affola Sam en se retournant pour regarder par la vitre arrière, c'était moins une, on a failli se faire coincer.

— Failli seulement, rigola nerveusement René. Bernard, tournez à droite là.

Vingt minutes plus tard ils entrèrent dans une zone industrielle déserte.

— Mettez-vous devant le portail vert là-bas, indiqua René en appuyant sur une petite télécommande.

Le portail en fer coulissa lentement. Les jeunes étaient garés juste devant. René leur fit signe.

— Rentrez et garez la voiture près du hangar au fond de la cour.

C'était une grande cour en béton sur laquelle était posé un grand hangar rectangulaire en moellons bruts avec une grande pancarte sur la façade qui indiquait : Pièces détachées. Pupuce sauta du coffre et fit trois ou quatre fois le tour de la cour en cavalant comme une folle pour se dégourdir les jambes et éliminer les dernières traces d'anesthésiant.

— Prenez la bâche qui est là, ordonna René, et recouvrez vite les voitures, ensuite suivez-moi.

Le téléphone de Sam sonna. Il le regarda comme si le diable en personne était en train de l'appeler.

— Pas de panique jeune homme, le rassura René. Ça doit être les flics. Répondez et soyez le plus bête possible.

— Ça ne devrait pas être trop dur, ricana Bernard qui reçu un solide coup de coude de la part d'Olga.

— Ah, ah, ah, très marrant, dit Sam.

— Souvenez-vous, poursuivit René, vous n'êtes pas à Lyon et vous rentrez le plus rapidement possible par le premier train.

— Allez-y, décrochez, souffla René.

— Allô ? Oui, c'est moi.

—…

— Mon dieu, mais quand ?

—…

Bernard retenait un fou-rire nerveux mais faisait très attention aux coudes de sa femme.

— Qu'est-ce qui s'est passé ? demanda bêtement Sam.

—…

— Ohlala, et mon appartement ?

—…

— Ohlala…Une bande organisée vous dites…Oui…Un cambriolage qui a mal tourné.

—…

— Non, malheureusement je ne suis pas en ville, mais je rentre le plus vite possible par le premier train.

René acquiesçait.

— Quoi ? Où je suis ? Et ben, je suis, je suis…

La panique se lut sur son visage.

— Je suis…

— À Lille, lui chuchota Jürgen, dis que t'es à Lille, tonton.

—Allô oui, excusez-moi ce doit être le choc, je ne trouve plus mes mots, je suis à Lille.

—…

— Oui, oui, à Lille. Je passerai au commissariat dès que possible. Merci de m'avoir prévenu, au revoir.

Il raccrocha en sueur, tout tremblant.

— Bravo mon gars, le félicita René qui avait de plus en plus de mal à rester debout.

— Tu t'en es bien tiré, tonton, lança Jürgen.

— Ouais, merci pour Lille, je faisais un blocage.

Aidé par Jeanne et Olga, René les emmena vers la porte en acier du hangar. Il composa un code sur le pavé numérique, la porte s'ouvrit et la lumière s'alluma.

— Entrez, ordonna René.

Un bric-à-brac invraisemblable était entassé ici. Bernard, en bricoleur averti, en siffla d'admiration.

— Et ben, c'est le paradis du bricoleur ici. On peut savoir ce que vous faites de tout ça René ?

Arrivé au fond du hangar, René s'arrêta.

— Olga, s'il vous plaît, auriez-vous l'extrême obligeance de bien vouloir enlever toutes ces caisses de là ?

— Bien sûr, venez m'aider vous autres, ordonna-t-elle en se tournant vers son frère, son mari et les ados qui étaient déjà entrain de fouiller un peu partout dans le bric-à-brac.

Ils rappliquèrent et dégagèrent l'endroit en moins de trente secondes.

— Parfait, souffla René, maintenant reculez.

Il appuya à nouveau sur sa petite télécommande et il y eut un petit clic au niveau du sol et une trappe se déverrouilla.

— Soulevez-la, dit René qui transpirait beaucoup.

— C'est démentiel, exulta Jürgen en se penchant pour mieux voir l'ouverture sur le sol, on ne voit rien, c'est trop bien fait.

— Comme dans *Mission Impossible*, poursuivit Ruth en se tenant à Jürgen pour mieux regarder dans le trou, c'est une cachette secrète.

— C'est exactement ça, mademoiselle.

— On devrait faire la même chose pour notre labo, suggéra Alessandro.

La trappe donnait sur un escalier baigné d'une vive lumière blanche.

— Tout le monde en bas, ordonna René. Bernard, vous fermerez derrière-vous en appuyant sur ce bouton.

Bernard, qui descendit le dernier, eut beaucoup de mal avec Pupuce qui refusait absolument de descendre là-dedans. Il lui fallut l'aide d'Olga, de Sam et de Jürgen pour faire entrer la bête à l'intérieur. Une fois tout le monde en bas, Bernard verrouilla la trappe et les néons blancs du hangar s'éteignirent le replongeant dans l'obscurité. Il y avait une porte blindée protégée par un code. René pianota sur le pavé numérique et déverrouilla la porte. Ils entrèrent enfin dans une immense pièce.

Il y avait ici tout ce dont on avait besoin pour survivre à une attaque nucléaire ou bien une attaque de zombies. Des lits, des tables, des armoires, des fauteuils, des canapés, la télé par satellite, des tonnes de livres et de DVD, une connexion internet haut débit sécurisée par satellite, une cuisine équipée, garnie de provisions pour tenir plusieurs mois, ainsi qu'un système de filtration d'air et d'eau très perfectionné. Jürgen et ses amis firent le tour de l'immense pièce en poussant de grands cris d'admiration à chaque découverte. Bernard et Sam aidèrent René, à bout de forces, à s'étendre sur un lit.

— Là-bas, dit-il péniblement à Jeanne en montrant une grande armoire blanche, vous trouverez tout ce dont vous avez besoin pour m'aider à soigner cette blessure, je vais avoir besoin de votre aide.

— Je vais m'occuper de vous, dit-elle en appelant Olga pour qu'elle l'assiste.

Quand les deux femmes revinrent avec le matériel, René avait perdu connaissance.

Quelques heures plus tard

René se réveilla en sursaut et porta sa main à son flanc pour chercher son pistolet. Un réflexe. Il était en sueur et, Jeanne, à ses côtés, lui épongeait le front.

— Détendez-vous, lui dit-elle en souriant, ça va aller maintenant, j'ai mis votre arme sur la table.

— Je me suis évanoui ?

— Oui. Vous aviez perdu beaucoup de sang. Je n'ai pas réussi à extraire la balle. J'ai nettoyé du mieux que j'ai pu, je vous ai injecté un anti-inflammatoire ainsi qu'un antibiotique mais j'ai peur que vous ne fassiez une septicémie générale. Ce n'est pas très beau. Il faut vous reposer.

— Quelle heure est-il ?

— Presque six heures du matin.

— Et les autres ?

— Tout le monde dort encore.

Olga et Bernard étaient étendus dans un grand lit. Jürgen et ses amis avaient jeté des matelas à même le sol pour former un grand lit sur lequel ils dormaient tranquillement. Sam était avachi dans un fauteuil bancal et Pupuce ronflait comme un Boeing 747 aux pieds du lit de sa maîtresse.

— Vous n'avez pas dormi ? demanda doucement René.

— Non, mais ne vous inquiétez pas, j'ai l'habitude des veilles prolongées.

— Au fait, merci Jeanne, dit-il doucement, j'n'ai pas l'habitude qu'on s'occupe de moi.

— Finalement tout arrive, répondit-elle en souriant. Et de toute façon je n'avais rien de mieux à faire cette nuit. Ça m'a rappelé le temps des urgences.

— Urgentiste ? s'intéressa René en se redressant légèrement sur ses coudes ?

— Oui, trente ans. On en voit de toutes les couleurs vous savez. Et vous, alors, René, vétérinaire, à ce qu'on raconte ?

— Entre autre, dit René évasif. Dites-moi, Jeanne, votre mari ne va-t-il pas s'inquiéter de votre disparition ?

— Qu'il aille au diable celui-là. Ne vous inquiétez pas pour ça, je suis en plein divorce.

— Oh désolé, je ne voulais pas être indiscret.

— Il n'y a pas de mal, j'aurais dû le faire il y a longtemps.

Olga, réveillée par leur conversation, s'étira en les rejoignant. Elle avait les yeux bouffis et les cheveux tout plats d'un côté et en chou-fleur de l'autre.

— Vous n'avez pas dormi Jeanne ?

— Non, pas encore.

— Comment va votre jambe René ?

— Ça va aller maintenant que j'ai une bonne infirmière à mes côtés. Mais je ne vais pas pouvoir marcher et ça, ça va nous poser des problèmes.

— Chaque chose en son temps, dit Olga en bâillant, d'abord faire du café.

— Volontiers, dit René, nous avons passé des heures difficiles et je vous dois à tous des explications.

Quelques minutes plus tard une bonne odeur de café flottait dans l'air. Pour plus de sécurité, Bernard avait fait faire ses besoins à Pupuce dans le hangar sans la sortir dans la cour. Même si René certifiait que personne ne connaissait l'existence de ce lieu, on n'était jamais assez prudent avec ces gens-là. Pour avoir la paix, Olga avait donné à Pupuce un énorme gigot congelé qu'elle avait trouvé dans les stocks du bunker. La chienne en aurait pour un bon moment avant d'en venir à bout.

Les jeunes s'étaient réveillés en se plaignant que la lumière blanche leur piquait les yeux, sauf Alessandro qui concéda, que finalement ça réveillait plutôt rapidement. Tout le monde était assis autour de l'immense table, devant une tasse de café pour les uns ou de chocolat pour les autres, attendant avec impatience les explications de René.

Bernard mélangeait inlassablement son café avec une petite cuillère alors qu'il ne le sucrait jamais, ce qui avait le don d'agacer Olga au plus haut point. Sam avait les yeux vides et les traits tirés. Jürgen, Ruth et Alessandro étaient surexcités et dévoraient des tranches de pain noir longues comme le bras, recouvertes d'une épaisse couche de confiture. Jamais ils n'avaient vécu de sensations aussi fortes, depuis leur tentative ratée de ramener un cadavre de corbeau à la vie.

Aidé par Jeanne, René prit place au bout de la table. Il vida une tasse de café d'un trait et s'en resservit une autre avant de commencer.

Explications

— Je sais que tout ceci vous paraît complètement invraisemblable, attaqua René sans préambule, mais ça a été mon quotidien pendant quarante ans.

— Génial, râla Sam en se servant du café, une vraie vie de rêve.

— Alors c'est vrai que vous êtes un agent secret ? s'enflamma Jürgen.

— Comme Tom Cruise ? poursuivit Alessandro.

— Non, moins beau que Tom Cruise quand même, rectifia Ruth.

— Laissez-moi parler, sourit René, nous n'avons pas beaucoup de temps devant nous.

— Oui, pardon m'sieur, on vous écoute. Dit Jürgen

— Non mais t'as vu ça, s'énerva Bernard en regardant sa femme, ce gamin hypocrite lui sert des « Oui m'sieur, pardon m'sieur». J't'e le ressortirai le « Oui m'sieur », fiston.

— Bernard, dit sèchement Olga, tu empêches René de parler !

— Alors tout le monde est contre moi ici, c'est ça ?

— La ferme Nanet ! s'irrita Sam.

— Donc, reprit René, je disais que la situation dans laquelle nous nous trouvons est assez banale pour moi. C'est comme pour vous, Olga, lorsque vous êtes dans votre garage et que vous réparez une voiture. Vous savez exactement quoi faire et comment le faire. Et bien là, c'est la même chose pour moi. Vous avez tous été entraînés dans cette affaire par hasard ou par manque de chance, dit-il en regardant Sam et Jeanne. J'en suis sincèrement désolé pour vous mais c'est comme ça et vous devrez aller jusqu'au bout car les types qui nous cherchent, eux, iront jusqu'au bout. Ces gars se foutent royalement de savoir quel est votre degré d'implication et ce que vous savez ou ne savez pas. Ils doivent vous faire parler et ensuite vous liquider, c'est la seule chose qu'ils ont en tête parce que ce sont leurs ordres. Ils ne savent pas pourquoi ils doivent le faire et ils s'en foutent, c'est leur travail. J'étais le seul qui pouvait les arrêter, tout au moins les ralentir, jusqu'à ce que Bernard me tire dessus. Maintenant que je ne peux presque plus marcher, ça va devenir plus compliqué. Mais pas de panique, j'ai d'autres solutions.

— Bravo Nanet, le félicita Sam en applaudissant, encore un succès.

— Ah, ah, ah, gros malin, c'est ça, rigole, j'aurais voulu t'y voir, toi, avec le flingue dans les mains, je te…

— Bernard ! le coupa Olga.

— Ne vous en faites pas Bernard, les calma René, je ne vous en veux absolument pas. Je ne le prends pas personnellement, c'est ce que l'on appelle les dommages collatéraux et puis il faut le souligner vous avez eu du cran malgré tout.

— Merci René, dit Bernard en toisant son beau-frère, je ne voulais pas vous tirer dessus, j'ai été emporté par l'action. Mais laissez René, il n'y a que des hypocrites autour de cette table. Je ne parle pas pour vous, Jeanne.

— Tu vas la fermer oui, ordonna Olga en tapant du poing sur la table.

René la remercia du regard et poursuivit.

— Aucun gouvernement n'est au courant de ce que je vais vous révéler maintenant. Si c'était le cas nous serions déjà tous morts, croyez-moi. Vous ne devrez jamais parler à personne de ce que je vais vous dire. Jamais. C'est une question de vie ou de mort. Vous entendez, insista René en regardant fixement les trois jeunes ? Ce n'est pas un jeu vidéo, nous sommes dans la réalité ici et vous n'avez qu'une seule vie dans celle-ci. Est-ce que vous comprenez bien ce que je vous dis ?

— Oui m'sieur, on comprend bien m'sieur, affirma Alessandro. Promis m'sieur, on ne dira rien à personne, jamais m'sieur, pas vrai vous autres ? demanda-t-il en se tournant vers ses associés.

— Ouais, m'sieur, on n'en parlera jamais à personne, jurèrent Ruth et Jürgen, excités comme des puces.

— « Oui m'sieur, promis m'sieur », s'emporta Bernard, non mais quelle bande de faux-culs ces gamins. Je m'en souviendrai aussi de celle là, crois-moi !

S'apercevant que toute la tablée le fusillait du regard, Bernard se renfrogna.

— Excusez-moi René, je vous en prie, poursuivez.

— Donc ne parlez jamais à personne de ce qui va suivre ou vous seriez en danger de mort.

— On l'est déjà, ironisa Sam.

— Voilà, poursuivit René, il y a dix ans, lorsque j'ai pris ma retraite, je suis entré au service d'un groupe pharmaceutique international. C'est à cette époque que j'ai rencontré le professeur Henri Baratté, célèbre botaniste et chimiste de haut vol. Nous sommes très vite devenus amis au cours de nos nombreuses expéditions à travers la planète. Grâce à ses découvertes et ses travaux, le labo en question a fait fortune. Il y a cinq ans, je devais mettre en place une petite équipe pour escorter et protéger Henri lors d'une nouvelle expédition dans la forêt amazonienne. Il devait y prospecter de nouvelles plantes ou je n'sais quoi. Bref, les hommes que j'avais recrutés à l'époque étaient tous des types aguerris avec lesquels j'avais déjà travaillé pour la plupart dans le passé, tous des gars de confiance. Nous avions déjà fait ce genre d'opération des dizaines de fois et ça aurait dû être une mission de routine. Sauf que cette fois-ci, ce ne le fut pas…

Cinq ans plus tôt dans la forêt amazonienne sur le territoire brésilien.

René en nage, machette à la main et cigarette fumante au coin des lèvres, avançait lentement en tête du petit groupe qui entourait Henri Baratté. Cela faisait trois jours qu'ils cheminaient péniblement à travers une jungle hostile, et même pour des types aguerris comme eux, ils étaient perdus. René s'arrêta et leva le bras. Son second le rejoignit immédiatement.

— Je pense que nous avons tourné en rond, dit-il en lui montrant la carte.

— C'est certain, répondit l'homme. Nous avons dû passer à côté il y a au moins cinq heures.

— Il faut faire demi-tour.

— Pas maintenant, nous sommes tous épuisés et le soleil commence à baisser, ce serait trop dangereux de repartir. Nous devons nous reposer

— Ok, cria René, on reste ici pour la nuit.

Tout le monde s'activa pour dresser le camp. Henri s'approcha de lui.

— Nous sommes perdus, c'est ça ?

— On a fait un petit détour mais ne t'inquiète pas, demain on repart sur la bonne route.

Le camp fut monté en moins de trente minutes. Ils firent du feu pour rôtir un gros paca dodu, sorte de cobaye géant, stupide, mais très savoureux qu'ils chassèrent assez facilement. Après le repas, René et son second se portèrent volontaires pour le premier tour de garde. Le campement s'endormait tranquillement, bercé par les sons inquiétants de la jungle, quand un bruit étrange dans les feuillages les alerta. Ils sortirent leurs armes en silence. Leur sang froid et leurs gestes précis témoignaient d'une longue expérience de ce genre de situation stressante. Le feuillage remua encore et s'écarta.

Un petit homme pieds nus, vêtu d'un pagne cachant à peine son intimité, leur faisait face. Il avait de longs cheveux noirs comme le jais et portait une coiffe en forme de soleil faite de plumes tressées jaunes et oranges de toute beauté. À ses oreilles pendaient de lourdes boucles ornées de pierres précieuses qui étiraient fortement son lobe. Il arborait autour du cou un énorme collier de perles multicolores. Son torse, ses bras et ses jambes étaient couverts de tatouages mystérieux.

Il tremblait de tous ses membres. Terrorisé par ce face à face inattendu avec ces deux blancs, il pointait maladroitement sur eux une frêle sarbacane en bambou. Les mercenaires s'étaient tous relevés dans un silence absolu et braquaient leurs pistolets sur le petit guerrier qui fut pris d'une terrible quinte de toux. René leur ordonna de baisser immédiatement leurs armes. D'après son expérience il ne leur voulait aucun mal. Henri, qui était également sorti de sa tente, s'avança doucement vers le jeune guerrier, les bras écartés et les mains bien ouvertes en signe de paix.

— Sois prudent, lui conseilla René, les flèches de sa sarbacane sont sûrement empoisonnées.

— Je sais, répondit doucement Henri tout en continuant d'avancer, mais je ne pense pas qu'il tirera, regarde-le, il est terrorisé.

Quand il eut repris ses esprits, les yeux rouges et larmoyants, le petit homme se mit à parler rapidement dans sa langue. Il avait très chaud et de la sueur dégoulinait de son front. Il répéta deux fois la même phrase très rapidement.

— Qu'est-ce qu'il dit ?

René, qui avait effectué de nombreuses missions en Amérique du Sud, notamment dans la forêt amazonienne durant sa carrière, comprenait plus ou moins bien un bon nombre de dialectes parlés par les peuplades de la forêt.

— Il dit qu'il ne se laissera pas capturer sans combattre et qu'il préfère mourir plutôt que d'être fait prisonnier par des…Je n'ai pas pu traduire le dernier mot mais apparemment c'n'était pas très gentil.

— Je te dis qu'il ne tirera pas, affirma Henri en continuant d'avancer.

Le petit guerrier parla de plus en plus rapidement puis, à la surprise générale, baissa sa sarbacane et s'effondra inconscient face contre terre. René se précipita.

— Venez m'aider.

— Il est blessé ? demanda son second.

— Non, je ne pense pas. Allez-y, posez-le doucement sur mon sac de couchage, vite.

— Qu'est-ce qu'il a ? demanda René en s'accroupissant près de lui.

— Je pense qu'il est malade tout simplement, dit Henri en lui prenant sa température avec un pistolet thermique.

L'écran indiquait 41,03 °C

— Bon sang, il va y passer.

— Je pense que c'est une infection, dit Henri en attrapant sa trousse de secours. Il faut faire vite.

— Contagieux ? chuchota René pour ne pas affoler ses hommes ?

— Je n'en sais rien, mais nous sommes vaccinés contre beaucoup de choses, détends-toi.

Henri prépara rapidement plusieurs seringues contenant divers médicaments qu'il injecta un à un dans le corps du petit guerrier. Sous l'effet de la forte fièvre, le jeune homme convulsait et délirait. Le calme revint enfin sur le campement et les tours de garde reprirent. Le reste de la nuit fut plutôt calme. Henri resta au chevet du garçon qui frôla plusieurs fois la mort au cours de la nuit et ne dut son salut qu'à l'acharnement du botaniste. Au petit matin, le jeune guerrier semblait tiré d'affaire mais restait tout de même très affaibli, dans un semi coma. Sur l'ordre non négociable de René, Henri s'accorda une heure de sommeil réparateur pour poursuivre leur voyage. Pendant ce temps les mercenaires préparèrent le départ. Ils firent leur paquetage, éteignirent le feu et nettoyèrent le camp de toutes traces de leur passage.

— Qu'est-ce qu'on va faire de lui ? demanda René perplexe. On ne peut pas le laisser ici, il y a des bêtes sauvages qui n'en feraient qu'une bouchée.

— Je sais, dit Henri, mais on ne peut pas non plus l'emmener avec nous, tu es d'accord.

— T'as une idée ?

— Peut-être.

— Explique.

— Tes hommes accepteraient-ils de rester encore vingt-quatre heures, juste le temps que le gosse soit suffisamment fort pour retourner dans son village tout seul ? Ce n'est pas quelques heures de plus ou de moins qui changeront quelque chose à notre expédition. Evidement il y aura une prime.

— C'est une bonne idée, acquiesça René, je vais leur demander.

René n'eut le temps d'aller nulle part. En moins de dix secondes le campement fut encerclé par une cinquantaine de petits guerriers pointant sur eux autant de sarbacanes menaçantes. Ils étaient sortis de la végétation avec la discrétion d'un félin pistant sa proie. Personne ne les avait entendus arriver et la surprise fut totale.

— Surtout, ordonna doucement mais fermement René à ses hommes, ne sortez pas vos armes. Cette fois nous n'avons plus à faire à un gosse malade mais à des guerriers entraînés qui connaissent la jungle comme personne. Leurs sarbacanes sont sûrement chargées de flèches empoisonnées au curare et vous seriez morts avant d'avoir dégainé.

Un petit homme se détacha du groupe et s'avança vers eux. Il baissa sa sarbacane et parla.

— Qu'est-ce qu'il raconte ? demanda Henri.

— Il dit que nous sommes des envahisseurs et que...

— Et que quoi ? s'impatienta Henri.

— Attends, et...d'après ce que je comprends, nous sommes sur une terre sacrée que nous avons souillée par notre présence et pour couronner le tout, ils croient que nous avons tué Niempa, le fils du chef de la tribu, et...

— Il ne manquait plus que ça, soupira Henri, dis-leur qu'il n'est pas mort.

— Qu'est-ce que tu crois que je leur raconte ? s'agaça René, des blagues carambar pour les détendre !

Il tenta en vain de leur expliquer que Niempa n'était pas mort, mais simplement très affaibli. Le guerrier obtus et pas très ouvert, il faut bien le dire, continuait de parler très vite sans tenir compte de l'explication de René.

— Que dit-il encore ?

— Il dit que nous sommes des menteurs et leurs prisonniers. Nous devons les suivre dans leur village sans faire d'histoire pour y être jugés, et très certainement condamnés à mort.

— Pourquoi pas, on n'a que ça à faire, ricana nerveusement Henri.

— Il dit aussi que nous serons probablement pendus par les pieds, la tête dans une fourmilière, jusqu'à ce que la mort vienne nous emporter.

— J'ai vraiment hâte, ironisa Henri.

Les hommes de René, qui commençaient à trouver le temps long, dégainèrent leurs armes. Il y eut un mouvement de panique parmi les guerriers qui se mirent en position de tir. Une fléchette fut tirée accidentellement par un combattant à bout de nerfs, secoué par une terrible quinte de toux. Fort heureusement, la fléchette se planta dans le cou d'une espèce de paca stupide qui passait par là et qui mourut sur le coup sans comprendre ce qui lui était arrivé. René agita les bras pour calmer ses hommes.

— Baissez vos armes bande d'abrutis. Vous voulez crever ?

Toujours en braquant leurs armes sur les indigènes, les mercenaires annoncèrent à René qu'ils n'avaient aucunement l'intention de suivre dans la jungle des pygmées en pagne avec des sarbacanes en bambou. René leur promit que, s'ils jouaient le jeu, une prime de risque plus que confortable leur serait versée. Cela désamorça instantanément la situation, ils baissèrent leurs armes et les rangèrent dans leurs étuis. Contre beaucoup d'argent ces types inquiétants, au regard froid comme l'acier et au cœur de pierre, vous suivaient jusqu'en enfer sans poser de questions, le sourire offert.

Quand un semblant de calme fut à nouveau de mise dans la clairière, des guerriers montèrent la garde autour des mercenaires tandis que d'autres confectionnaient un brancard de fortune pour transporter Niempa toujours inconscient. Vingt minutes plus tard, tout le monde se mettait en route.

Huit heures de marche difficiles à travers une jungle hostile furent nécessaires pour rejoindre le village de Niempa. À leur arrivée, une agitation nerveuse se répandit parmi la population, au sein de laquelle il régnait une atmosphère pesante et étouffante.

— Quelque chose ne va pas, dit Henri en apercevant beaucoup d'autochtones allongés sur des lits de fortune. Les enfants, qui semblaient avoir beaucoup de fièvre, étaient secoués par de terribles quintes de toux. Leur souffrance était évidente. Des femmes encore valides faisaient bouillir de l'eau dans laquelle elles jetaient des vêtements, sans doute pour les désinfecter.

— Tous ces gens sont malades, constata Henri en se retournant vers René.

— Et c'n'est pas une bonne chose.

— Ne t'inquiète pas, nous sommes vaccinés contre beaucoup de choses, ce qui n'est pas le cas de ces pauvres gens.

René et ses hommes furent enfermés sous bonne garde dans un enclos fait de branchages qu'on aurait pu briser en soufflant dessus. Au terme d'une heure et demi d'attente Henri et René furent conduits devant le chef du village. Avant de quitter l'enclos, René ordonna à ses hommes de rester tranquilles et de ne pas créer d'histoires s'ils tenaient à leur prime.

Un homme en pagne, auquel on n'aurait pu donner d'âge, coiffé de magnifiques plumes multicolores comme celles de Niempa, était royalement assis sur un trône taillé dans une souche d'arbre. Le chef leur fit signe d'approcher. L'homme toussait beaucoup en se tenant la poitrine. Une fois la crise passée, il leva la main pour réclamer le silence et parla longuement.

— Que dit-il ? demanda Henri.

— Je crois qu'il demande pourquoi nous ne sommes pas malades après avoir attendu deux heures parmi eux ? Il veut savoir pourquoi les dieux nous épargnent ?

— Dis-lui que les dieux n'ont rien à voir là-dedans. Dis-lui que nous avons des remèdes contre ce mal.

La réponse ne parut pas satisfaire le chef qui partit dans une nouvelle et terrible quinte de toux interminable. Sa garde personnelle s'affairait autour de lui en lui passant des linges humides sur le front. Il les chassa d'un revers de la main en envoyant valser le linge humide sur une branche.

— Apparemment, chuchota Henri en souriant discrètement, il a beaucoup de mal à te croire.

— C'est ce que je vois mais dis-lui aussi que je suis un médecin, un sorcier blanc, un guérisseur et que je connais le pouvoir des plantes, enfin débrouille-toi, raconte un truc dans le genre quoi.

René traduisit du mieux qu'il pût les paroles d'Henri. Cela provoqua une vive agitation autour du chef qui eut bien du mal à rétablir le silence. Quatre hommes très âgés, qui devaient composer le conseil des sages, se levèrent pour se placer en cercle autour de lui. Tout le monde parla en même temps dans une cacophonie assourdissante.

— Qu'est-ce qu'il se passe ? demanda Henri, intrigué.

— Je ne sais pas trop, j'essaie de comprendre.

Ça parlait fort, ça criait, certains quittaient le cercle les bras au ciel en hurlant avant de revenir dans la conversation, pour crier encore plus fort que les autres.

— Apparemment, expliqua René, certains te croient et d'autres non, donc je pense que tu vas être soumis à un test avec le sorcier du village. Une sorte de bataille de sorciers, ricana René.

Un homme, couvert de peintures multicolores étranges et de tatouages ésotériques, assis à côté du chef, se leva et s'avança vers René. Il tenait un grand plateau en bois contenant différentes herbes, écorces ou mousses. Il le présenta à Henri et le posa devant lui puis retourna s'asseoir près du chef. Henri s'accroupit devant le plateau et observa attentivement son contenu. Un silence pesant s'installa dans la petite clairière où seuls les bruits de la jungle venaient troubler ce moment important. Henri expliqua à quoi servait chacune de ces plantes, écorces ou mousses. René traduisait au fur et à mesure. Cela fit un grand effet sur le chef et le sorcier qui hochèrent la tête d'admiration avant de parler entre eux à voix basse.

— Que disent-ils ? demanda Henri, inquiet.

— J'entends assez mal mais je crois qu'il est en train de dire qu'effectivement tu es un grand sorcier qui connait le secret des plantes.

Mais bien qu'impressionné, le chef n'était toujours pas convaincu. La discussion reprit et s'envenima quand les quatre anciens se mêlèrent à la conversation déjà très animée. Il y avait les pour et les contre. Certains en vinrent même aux mains. Ce fut l'arrivée de Niempa, le fils du chef, qui bouleversa le cours des choses. Encore très fatigué mais parfaitement guéri, soutenu par deux guerriers, Niempa demanda audience à son père. Il lui expliqua longuement comment ces hommes blancs, et en particulier Henri, lui avaient sauvé la vie en le guérissant de ce mal inconnu qui le rongeait.

Encore une fois, entre deux quintes de toux et le brouhaha incessant des anciens et du sorcier qui piaillaient comme des pies, le chef batailla dur pour réclamer le silence qu'il avait de plus en plus de mal à obtenir. Il parla longuement avec son fils puis se leva de son trône pour venir s'incliner devant Henri.

— Il te remercie mille fois et te demande humblement de guérir son village. Il dit aussi que pour avoir sauvé Niempa, son fils unique et futur chef de tribu, tu as sa reconnaissance éternelle et que tu peux choisir la femme célibataire que tu veux dans son village, petit veinard. Il dit encore que si tu sauves son peuple, comme tu es un grand guérisseur, il te révèlera un immense secret. Là, dit René en relevant les sourcils, je dois t'avouer que je ne sais pas du tout de quoi il parle.

— Peu importe, René, dis-lui que j'accepte. Nous allons soigner ces pauvres gens.

Retour dans la cache de René

La sonnerie d'un vieux téléphone en bakélite gris à fil torsadé, que personne n'avait remarqué, fit sursauter tout le monde. René demanda à Jeanne de lui passer rapidement l'antique téléphone. Les trois jeunes observèrent, fascinés, cet objet préhistorique.

— Et oui, avant vos machins tactiles qui ne marchent jamais, leur dit Bernard, nostalgique, en leur montrant leur smartphone, on avait ça. C'était du costaud.

— Ouais et super maniable, se moqua Ruth.

Olga leur fit signe de se taire en levant le poing.

— Oui, dit simplement René en soulevant le lourd combiné jusqu'à son oreille.

—…

— Où ?

— …

— Parfait.

— …

— Combien ?

—…

— Bon, tu connais les instructions alors fais le nécessaire.

Il reposa le combiné sur son socle qui émit le fameux petit « ding » mythique.

— C'était qui ? demanda naïvement Bernard.

— Une vieille tante qui prenait de mes nouvelles, répondit René.

— Une vieille tante, vous vous foutez de moi ?

— Ça, ricana Sam, quand on pose des questions à la con, on obtient des réponses à la con.

— Il n'a pas tort, appuya Olga.

Bernard secoua la tête et se renfonça dans son fauteuil.

— Et après, m'sieur René, demanda Jürgen, qu'est-ce qui s'est passé dans la jungle ?

— Oui continuez, s'impatienta Ruth qui était venue, l'air de rien, se coller à côté de Jürgen.

— Oui, nous sommes impatients, vous racontez excessivement bien les histoires monsieur René, releva Alessandro en se resservant un café. Quelqu'un en prendra ?

— Arrête ton numéro de faux cul, mon garçon, ricana René, je ne suis pas un de ces acteurs écervelés qu'on doit flatter pour qu'il joue correctement sa scène.

— Donc, reprit René, nous sommes tous retournés avec le chef et sa suite au centre du village où il expliqua aux villageois ce qui venait d'être dit dans la clairière royale. On libéra les mercenaires qui participèrent de bon cœur, mais après négociations d'une prime supplémentaire, à la préparation des remèdes nécessaires pour soigner tout le village. Quelques heures plus tard, tous les membres de la tribu avaient reçu une dose d'antibiotiques et de vaccins et les premiers effets se faisaient déjà sentir sur les moins atteints. Le soir venu, les villageois valides préparèrent un véritable festin en l'honneur du sorcier blanc et de son équipe. On fit rôtir ces fameux paca dodus et complètement stupides, des serpents longs comme des trains de marchandises, des mygales ainsi que tout un tas d'autres bestioles étranges mais très savoureuses quand on arrive à ne pas penser à ce que l'on mange. En leur honneur, les guerriers de la tribu exécutèrent des danses tribales autour du gigantesque feu, entraînant les mercenaires qui, une fois n'est pas coutume et sans prime, se déridèrent un peu en dansant avec les indigènes.

Retour dans la jungle amazonienne

À la fin du festin, Niempa vint trouver René.

— Que veut-il ? s'inquiéta Henri.

— Le chef veut nous voir immédiatement, allons-y.

Escortés par quatre petits guerriers, en sueur après leur danse, ils suivirent Niempa avec des torches dans la végétation hostile jusqu'à la célèbre clairière royale.

Éclairé par la lune, des torches disposées en cercle et un grand feu, assis sur sa souche royale, le chef attendait. Il était entouré du sorcier, de sa garde personnelle et du fameux conseil des anciens qui parlaient à voix basse. Le chef semblait moins atteint par la maladie, mais il était toutefois encore secoué par de violentes quintes de toux interminables. Il leur fit signe d'avancer et de s'asseoir face à lui, puis demanda à René de traduire ce qu'il allait dire.

— Je voudrais vous remercier pour nous avoir sauvés de ce mal inconnu qui décimait mon village, dit-il en inclinant respectueusement la tête. Je reconnais publiquement devant le conseil que vous êtes un grand sorcier. Vous connaissez le secret des plantes et leurs vertus, mais vous ne connaissez pas tous les secrets qui se cachent dans cette forêt. Comme je vous l'avais promis, je vais vous révéler une chose qui risque de vous bouleverser l'esprit.

Le chef fit signe au sorcier qui lui apporta une petite boite en bois sculptée. Il l'ouvrit et sortit délicatement un petit sachet de graines noires ainsi que quelques petites feuilles triangulaires violettes qu'il tendit à Henri.

— Ces graines et ce qu'elles donnent, expliqua solennellement le chef, peuvent changer le monde.

Il fit signe au sorcier d'approcher à nouveau. Celui-ci prit délicatement une petite feuille violette et la réduisit en poudre dans un mortier en bois. Il déposa ensuite le microgramme de poudre violette ainsi obtenu sur la pointe de son couteau et le tendit au chef.

— Vous, dit le chef en pointant René d'un index menaçant, vous fumez sans arrêt ces choses nauséabondes, est-ce la vérité, répondez ?

René, surpris par cette question incongrue au beau milieu de la jungle, bafouilla quelques mots incompréhensibles, avant de se ressaisir.

— Euh, oui, c'est vrai, effectivement, je fume mais qu'est-ce que ça vient faire là ?

René, mal à l'aise, tira une dernière taffe sur sa cigarette et jeta son mégot dans le feu.

— Avez-vous déjà essayé d'arrêter de fumer ces choses écœurantes ? insista le chef.

René répondit par l'affirmative.

— Et vous n'y arrivez pas ? Répondez !

— Oui, c'est exact.

— Voudriez-vous arrêter définitivement ?

— Évidemment, répondit René perplexe, mais je n'y arrive pas, je n'ai aucune volonté pour ça. J'ai déjà essayé cent fois, sans résultat.

Machinalement il tira une cigarette de son paquet, la porta à ses lèvres et l'alluma. Rien que d'évoquer le fait d'arrêter lui filait des angoisses. Il tirait nerveusement de grandes bouffées sur sa cigarette pour se calmer.

— Alors avalez cette poudre, ordonna le chef en lui tendant le couteau, et vous serez libérez à jamais.

Il y eut un long silence dans la clairière où même les animaux nocturnes de la jungle se turent comme s'ils savaient qu'ici se jouait quelque chose de grave.

— Quoi ??!! Non merci, c'est gentil vraiment, j'apprécie le geste, croyez-moi, mais je ne vais pas avaler cette poudre sans savoir ce que c'est et...Henri, dis quelque chose je...

René en perdait ses mots.

— Attends, tais-toi, le coupa Henri, troublé, en se tournant vers le chef. Vous êtes en train de nous dire que cette plante, je veux dire, ces feuilles violettes que je n'ai d'ailleurs jamais vues de ma vie, enlèveraient l'envie de fumer, comme ça, instantanément, est-ce bien ça que vous êtes en train de nous dire ?

— Je te préviens, dit René en traduisant, je n'ai pas l'intention d'avaler cette poudre.

— Oui, c'est la stricte vérité, répondit le chef en hochant la tête sans tenir compte du mécontentement de René. Avez-vous vu un des membres de mon village fumer depuis votre arrivée ? poursuivit-il.

— Effectivement, reconnut Henri, perplexe. Je n'ai vu personne fumer depuis que nous sommes arrivés ici mais…

— C'est normal nous avons tous été guéris grâce à la plante. Nous sommes délivrés à jamais de l'addiction.

René explosa de rire en applaudissant.

— Bravo, je viens de comprendre, dit-il en se tournant vers Henri, ce sont des conneries. C'était une blague et ils nous ont bien eus. Allez, les gars, on a marché, mais là, on arrête les conneries, on retourne picoler votre alcool maison au village, bravo. Non, mais tu imagines un peu, Henri, tu avales ça et hop tu ne fumes plus, plus jamais envie, on n'a pas marché, on a couru.

Personne ne riait.

— Attends, ça me rappelle quelque chose, dit Henri, perplexe, en se grattant la tête. Il y a une sorte de légende, tu sais, qui circule chez les botanistes, dit-il le plus sérieusement du monde, une sorte de Graal, tu vois.

— Quoi ?! Mais qu'est-ce que tu racontes Henri ? demanda René qui avait cessé de rire lui aussi.

— On raconte, qu'au début du siècle dernier, des botanistes anglais de renom auraient découvert en Amazonie des plantes étranges aux vertus fabuleuses, comparables à celle-ci. Mais, ce n'est qu'une légende car personne n'a pu prouver quoi que ce soit faute d'échantillons, suite à un incendie qui ravagea tout un quartier de Londres où se trouvait malheureusement le laboratoire des botanistes en question. Quelques mois plus tard, les trois scientifiques ont tous été portés disparus lors d'une expédition au Tibet. Après ça, plus personne ne reparla de cette affaire et de ces plantes.

— C'est normal Henri, ce sont des fables, des légendes urbaines, il y en a des milliers sur Internet, à propos des ovnis, du yéti ou je n'sais quoi encore.

— Je le sais bien, mais à cette époque il n'y avait pas Internet pour répandre ces histoires et peu de personnes croyaient aux complots. Évidemment, en tant que scientifique, je pensais que de telles plantes ne pouvaient exister, mais il n'y a pas de fumée sans feu comme on dit.

— Mais enfin c'n'est pas possible, Henri, un scientifique comme toi, tu ne vas quand même pas croire des conneries pareilles ?

— Passe-moi ce couteau s'il te plaît, lui demanda-t-il le plus calmement du monde.

Très énervé, René le saisit délicatement et l'apporta à Henri.

Le botaniste observa longuement la poudre violette. Il la mélangea ensuite à un liquide transparent dans une petite fiole qu'il secoua énergiquement pendant quatre longues minutes.

— Alors, s'impatienta le béret vert, qu'est-ce que tu fabriques professeur Tournesol ?

Henri ouvrit la fiole et déposa quelques gouttes du liquide violet sur son doigt qu'il porta à sa bouche.

— C'est sans risque, finit-il par dire.

— Peut-être bien, mais cela ne change rien, je n'ingurgiterai pas ça.

— Il n'y a qu'une seule façon de savoir si ce que le chef dit est vrai. Allez René, avale ça.

— Quoi ? Non je suis désolé, mais merci bien.

— Tu ne risques rien, fais-moi confiance, au pire il ne se passera rien. Tu boiras un whisky pour faire passer le goût et on n'en parlera plus.

— Rien à faire, je ne bois pas ça. T'as qu'à le faire toi.

— Je ne fume pas, poursuivit Henri, et cela fait des années que je t'entends dire que tu veux arrêter mais que tu n'y arrives pas, que c'est trop dur, que ceci et que cela. Alors c'est maintenant ou jamais. Allez, avale ça bon dieu !

— Non, c'est non.

Le chef demanda qu'on lui traduise ce qu'ils se racontaient.

— Votre ami a raison, acquiesça le chef, vous ne risquez absolument rien, nous avons tous avalé la poudre.

— Ça ne changera rien.

Le chef se leva de son trône, irrité, et vint coller son visage à celui de René.

— Qui voudrait empoisonner les sauveurs de son peuple, hein, qui ? Seul un fou ferait une chose pareille. Nous prendrais-tu pour des fous meurtriers, homme blanc sceptique ?

Les dernières paroles du chef semblèrent faire mouche. Il hésita un instant, puis saisit le flacon des mains d'Henri et versa le contenu dans sa bouche.

— Voilà, dit-il en s'essuyant du revers de la main, t'es content, alors on fait quoi maintenant ?

— Ça a quel goût ? demanda Henri, pris d'une envie de rire qui n'échappa pas à René.

— Oh, tu peux te marrer. Bof, je ne sais pas trop, artichaut peut-être ou alors poire, je ne saurais pas dire exactement.

— Tu ressens quelque chose ?

— Non, rien de particulier.

— Voilà, annonça le chef qui était retourné s'asseoir sur sa souche, vous êtes guéri à tout jamais.

— Quoi, comme ça ! s'esclaffa René. Laissez-moi rire, mais trente ans de cigarettes effacés avec un gramme de poudre violette, ce serait trop facile, ricana-t-il. Excusez-moi de rire chef, je ne voudrais pas vous manquer de respect, mais désolé, je ne marche pas et…

Il s'arrêta en plein milieu de sa phrase.

— Tu vas bien ? s'inquiéta Henri.

— C'est étrange, poursuivit-il perplexe, je ne ressens pas de…Je veux dire que, je ne sais pas comment expliquer ce que je ressens en fait, c'est très étrange.

– Allume une cigarette, suggéra Henri, surexcité, on sera fixé.

René tira une cigarette de son paquet et l'alluma. Il aspira une grande bouffée comme il l'avait déjà fait des millions de fois, mais quand cette fois-ci la fumée pénétra dans ses poumons, il s'étouffa copieusement et fut pris d'une terrible quinte de toux qui le fit cracher plusieurs fois par terre.

— Nom de dieu, souffla René hors d'haleine, les yeux pleins de larmes, j'ai la gorge en feu et les poumons qui vont exploser. C'est un truc de dingue, dit-il en jetant sa cigarette dans le feu.

Henri le regardait comme s'il avait le diable en personne en face de lui.

— René, dit calmement Henri en respirant profondément, prends le temps avant de me répondre c'est capital. Est-ce que tu as envie de fumer ?

— Fumer ? Non mais tu rigoles, plutôt crever que d'aspirer encore cette merde, dit-il en se redressant. J'n'en reviens pas moi-même de ce que je suis en train de te dire.

— Plus jamais tu n'auras envie de fumer, dit le chef en remontant sur son trône.

— Où avez-vous trouvé cette plante ? lui demanda Henri, très agité.

— Nous nous la transmettons de chef en chef depuis plus de deux cents générations. Nous en faisons pousser une très petite quantité pour guérir les jeunes qui sont toujours tentés. La plante ne pousse qu'une seule fois par an pendant la lune rousse.

Et d'où vient-elle, comment vos anciens l'ont-ils découverte ?

Henri posait des questions à la vitesse d'une mitraillette.

— Les anciens racontent qu'un jour, les dieux ont fait tomber de leur poche une pierre sacrée. Et que là où est tombée la pierre, la plante violette a poussé et que cette plante guérissait à jamais l'accoutumance aux drogues.

— Sûrement une météorite, dit René tout haut.

— Probablement, confirma Henri, mais je n'en reviens toujours pas. As-tu envie de fumer ?

— Non, pas la moindre envie et crois-moi c'est bizarre car je fume cigarette sur cigarette depuis trente ans et là rien, pas envie.

Henri, silencieux, fit plusieurs fois le tour du feu les mains dans le dos, plongé dans une extrême réflexion.

— Tu te rends compte de ce que nous avons entre les mains René, finit-il par dire en dansant d'un seul coup autour du feu.

Du haut de son trône le chef s'adressa à eux.

— Malheureusement, dit-il gravement, vous ne pourrez révéler au monde l'existence de cette plante.

— Pourquoi ça ? demanda Henri, recevant cette phrase comme un coup de poing dans l'estomac.

— Parce que cette petite plante, en apparence insignifiante, provoquerait un chaos gigantesque.

— Comment ça le chaos, quel chaos ?

— D'abord, on vous tuera pour la posséder.

— Qui voudrait nous tuer ? rigola Henri.

— Ceux qui fabriquent vos cigarettes et vos drogues vous traqueront inlassablement et vous tueront pour récupérer ce secret qui serait pour eux une mort certaine. Ensuite vos sorciers et vos guérisseurs vous traqueront également pour vous tuer et récupérer ce secret et ensuite pour faire payer ce que les dieux nous ont donné gratuitement. Voilà pourquoi les hommes ne doivent jamais connaître l'existence de cette petite plante.

Henri, sonné par le discours du chef, s'assit à même le sol, K.O. Le chef avait raison, tout cela était tellement évident. Si le marché de la cigarette et de la drogue s'effondrait d'un seul coup sur toute la planète, ce serait un véritable chaos économique mondial. La fin de millions d'emplois liés au tabac, depuis la culture jusqu'aux consommateurs. La fin du marché plus que lucratif des produits pharmaceutiques censés vous faire arrêter de fumer, les patchs, les bonbons à la nicotine…

— Mais alors, finit-il par demander au chef, pourquoi nous avoir révélé ce secret, si nous ne pouvons nous en servir ?

— Parce qu'il est temps que les peuples commencent leur guérison, lança solennellement le chef.

— Mais comment, demanda René perplexe, puisqu'on ne peut en parler à personne ?

— À vous de trouver les moyens. Vous êtes celui qui devait venir pour guérir le monde.

— Comment ça, celui qui devait venir ? faillit s'étouffer Henri

— À cause de la prophétie des anciens qui ont découvert la pierre des dieux.

— Quelle prophétie ?

— On raconte qu'un jour, un homme médecin, venu de l'autre côté des océans viendra et sauvera le village d'un terrible mal et qu'à cet homme médecin devra être révélé le secret de la tribu car c'est par lui, un homme juste, que le monde commencera sa guérison. Et jusqu'à aujourd'hui, poursuivit le chef imperturbable, la tribu n'avait jamais été malade et vous nous avez tous guéris. Vous êtes donc l'homme médecin que nous attendions.

— C'est exact, confirma un ancien qui venait de se lever, tu es celui de la prédiction.

— C'est de la folie ! s'exclama Henri. Je ne suis pas le sauveur du monde. Je suis un botaniste à la solde d'un laboratoire qui empoisonne le monde, voilà qui je suis.

— Justement, dit l'ancien. Après l'avoir empoisonné, tu vas le guérir.

— J'emmerde la prophétie, cria Henri en filant un coup de pied dans une motte de terre.

— Peut-être, dit un autre ancien, mais cela ne change rien au fait que tu vas sauver le monde.

— Va falloir t'y faire, ricana René, t'es un super héros maintenant.

— Tous ça c'est n'importe quoi, dit Henri en secouant la tête. Tu n'as toujours pas envie de fumer toi ?

— Toujours pas, d'habitude j'aurais déjà allumé deux ou trois cigarettes.

— Il va falloir que j'étudie très sérieusement cette plante. Savoir pourquoi, connaître les effets secondaires s'il y en a, combien de temps durent-ils et dans un deuxième temps…

René se leva d'un bond et se précipita dans les feuillages. On entendit des bruits étouffés puis il réapparut en tirant un homme avec lui.

— Qu'est-ce que tu fous ici ? Je vous avais donné l'ordre de rester au village, gronda René.

— Je sais, bafouilla l'homme, mais je ne vous voyais pas revenir alors je suis venu faire un tour d'inspection, pour m'assurer que tout allait bien c'est tout, j'te jure René.

L'homme n'avait pas l'air rassuré. René le maintenait fermement par le col de la chemise et le mercenaire connaissait la réputation de son patron.

— Et t'es là depuis combien de temps ?

— Dix secondes, pas plus.

— Dix secondes tu dis ? Et qu'est-ce que tu as entendu exactement ?

— Rien René, j'te jure, rien du tout. J'me faisais du souci, c'est tout.

— Toi, tu te faisais du souci ? C'est drôle mais j'ai du mal à te croire, dit René en resserrant un peu plus son étreinte.

— J'te jure, c'est la vérité, je…

— Allez, retourne immédiatement au campement, lui dit René en libérant le type qui repartit rapidement dans l'obscurité.

— C'était qui ? demanda Henri inquiet.

— Un problème, marmonna René dans sa barbe.

— Qui ça ?

— Un type que je n'aime pas, mais alors pas du tout.

— Tu penses qu'il était là depuis longtemps ? Tu crois qu'il nous a entendus, ce serait une véritable catastrophe.

— Je n'en sais rien mais on le saura bien assez tôt de toute façon, dit René en secouant la tête. À partir de ce soir, il va falloir être très prudent.

— Votre ami a raison, lança le chef à qui René venait d'expliquer. Le ver est désormais dans le fruit. Vous ne pouvez plus faire machine arrière, sauvez-le monde à son insu de ce fléau ou mourez avec lui, j'ai dit.

— Si ça s'ébruite, dit Henri mal à l'aise, à cause de nous vous seriez en grand danger. Des hommes pourraient débarquer ici un jour pour vous prendre cette plante de force.

— Ne vous inquiétez pas pour nous, le rassura le chef, nous sommes prêts à recevoir ces hommes et souvenez-vous que les dieux n'aiment pas les voleurs. Maintenant que tout a été dit, retournons au village.

Il se leva de son trône et repartit avec sa garde personnelle. Henri et René restèrent seuls quelques minutes devant le feu.

— Tu n'as toujours pas envie de fumer ? demanda Henri en fixant les braises rougeoyantes.

— Toujours pas, ricana le béret vert, j'n'arrive toujours pas à y croire.

— Alors nous sommes dedans jusqu'au cou, conclut Henri.

— Et depuis cette nuit-là, vous n'avez jamais refumé ? demanda Sam désorienté.

— Jamais !

— Et vous n'avez jamais été assailli par l'envie ?

— Pas une seule fois.

Sam se leva d'un bon en faisant tomber sa chaise.

— Donnez-moi immédiatement de cette poudre violette en dédommagement, exigea Sam en tapant du poing sur la table, je l'ai largement méritée.

— Plus tard, Sam, plus tard, le calma René, nous avons d'autres priorités.

— Mortel ! s'extasièrent les jeunes.

— C'est mieux que *Mission impossible* ! s'exalta Jürgen. On est au cœur d'un vrai complot qui n'existe pas.

Pupuce, qui sentait l'ambiance remonter et qui avait presque terminé son gigot congelé, aboya à vous crever les tympans pour participer.

— Je croyais que tu ne voulais pas arrêter de fumer, se moqua Bernard.

— Je ne voulais pas galérer à arrêter de fumer, nuance, mais là, ce n'est pas pareil. Tout le monde veut arrêter sans galérer, expliqua Sam.

— Et que s'est-il passé quand vous êtes rentrés en France ? demanda Jeanne pour recentrer les choses et qui, surtout, venait enfin de réaliser dans quel pétrin ils se trouvaient.

— Et bien, expliqua René, le type que j'ai surpris dans la clairière avait tout entendu, évidemment. Il est allé en parler à l'un de ses amis qui, à l'époque, était responsable de la sécurité d'un grand cigarettier. Le gars en question a couru raconter son histoire à ses supérieurs comme un bon toutou pour avoir son os. Je vous laisse imaginer leur réaction, après quelques vérifications et sachant que l'expédition était conduite par l'un des plus grands botanistes de la planète, ils ont immédiatement pris cette histoire très au sérieux. Et comme l'avait prédit le chef du village, tous ces braves gens se sont mis à nous traquer pour nous supprimer, récupérer ces fameuses graines et faire disparaître à jamais cette plante qui les précipiterait dans un abîme financier.

— Ah ouais, quand même, le coupa Ruth qui venait à son tour de réaliser. On est vraiment dans la merde là, parce que ces mecs ne vont plus nous lâcher maintenant, c'est pas vrai m'sieur René ?

— C'est exact jeune fille, et j'n'ai pas encore terminé mon histoire, tu vas adorer la suite.

— Y a pire ! s'exclamèrent en cœur Alessandro et Jürgen. Mais c'est génial !

— Je sais de source sûre, reprit René, que huit jours après notre retour en France, les plus gros fabricants de cigarettes de la planète se sont réunis pour monter un consortium historique face à la menace la plus sérieuse de toute l'histoire. Du jamais vu, ils ont mis en commun des sommes d'argent colossales pour un projet. Et quel projet à votre avis ? demanda René avec un sourire diabolique.

— Celui de vous traquer et de vous éliminer comme des chiens, dit Jürgen.

— Jürgen ! hurla Olga qui venait également de percuter sur la gravité de la situation !

— Oui, mais pas seulement, jeune homme.

Tout le monde le regardait la bouche ouverte.

— Alors, tout cet argent, à votre avis, c'était pour faire quoi, ricanait René. Allez, réfléchissez un peu...

— Nom d'une pipe en bois ! s'exclama Bernard en recrachant son café sur la table. Ce n'est pas possible. Vous voulez dire que ces gens ont... Evidemment, maintenant que je connais l'histoire, c'est transparent comme de l'eau de roche mais c'est diabolique. Houlalalala, s'inquiéta Bernard, Ruth a raison, ces gens ne vont plus jamais nous foutre la paix.

— Mais qu'est-ce que c'est Nanet ? hurlait Olga en lui arrachant le bras. Hein, c'est pour quoi tout cet argent, alors ???

— La cigarette électronique Minou.

— Nooooon ! s'écria-t-elle en retombant au fond de sa chaise. Ce n'est pas possible !

— Bravo Bernard ! le félicita René, bingo. Grâce à tous ces milliards, ils ont mis au point, en un temps record, la cigarette électronique. Elle n'aurait jamais dû arriver aussi tôt sur le marché. C'était leur arme secrète pour contrer les lois gouvernementales de plus en plus draconiennes vis-àvis du tabac. Ils se sont partagés le marché à parts égales et ont redoublé d'efforts pour développer, fabriquer et diffuser simultanément sur toute la planète la cigarette électronique…

— …En nous disant que ça remplaçait la cigarette, s'emporta Olga, et que c'était idéal pour se sevrer du tabac. Ah, les bâtards, c'est démoniaque !

— C'est exactement ça, reprit René, ils préparaient leur riposte, au cas où Henri réussirait à diffuser la plante à grande échelle. Dans ce cas-là, ils leur resteraient le colossal business de la cigarette électronique. Parce que tout le monde ne souhaite pas arrêter de fumer mais personne ne veut se choper un cancer non plus. Donc la cigarette électronique c'était idéal pour eux. Le marché des substances est énorme, avec des millions de saveurs.

— Mon dieu, s'affola Jeanne, alors ces choses arrivent vraiment, je croyais que c'était des illuminés qui répandaient ces histoires abracadabrantes de complots sur Internet.

— Hélas non, lui confirma René. Et j'ai bien peur qu'ils aient déjà torturé ce pauvre Henri pour obtenir des informations et ensuite le faire disparaître ainsi que tous les témoins gênants, c'est-à-dire, nous tous assis, autour de cette table.

— Et le gars qui vous épiait dans la jungle avec son pote le chef de la sécurité, demanda naïvement Bernard, ils doivent faire profil bas ceux-là, non ?

— Là où ils sont, répondit tranquillement René, ils n'ont plus besoin de se faire de souci pour quoi que ce soit, croyez-moi.

Il y eut un long silence pesant.

— Vous voulez dire qu'ils sont...

— ...Morts, finit par cracher Sam, à la place de Bernard.

— Morts, ironisa René, bien sûr que non ! Ils leurs ont payé une retraite dorée aux Maldives avec une rente mensuelle très confortable, Bernard.

— Mon dieu ! s'emporta Olga, quelle bande de...

— Vous avez raison Olga, lâcha Jeanne, quelle bande de bâtards.

— Alors ça, c'est trop fort ! s'exclama Sam qui n'en revenait toujours pas. Vous et Henri Baratté le voisin de ma sœur que je prenais pour un illuminé, êtes à l'origine de l'apparition de la cigarette électronique sur la planète ?

— Et comment avez-vous fait pour leur échapper ? demanda Jürgen surexcité.

— Un jour, expliqua René, constamment traqués par leurs tueurs, nous avons purement et simplement disparu de la circulation.

— Comment ?

— J'ai suffisamment de contacts et de relations à travers le monde pour organiser un coup pareil, assura René. Durant les trois années qui ont suivi nous avons constamment changé de pays et d'identités pour brouiller les pistes. J'ai fait en sorte qu'on nous repère dans différents pays, notamment en Amérique du Sud, proche de la forêt amazonienne. J'ai laissé des traces convaincantes pour que tous ces comiques nous cherchent là où nous n'étions pas.

— Mortel ! s'ébahissaient Jürgen et ses deux amis. Et après vous avez fait quoi ?

— Quand le calme est revenu, nous aussi, ricana René, on a emménagé dans votre région sous de fausses identités et tout à fait par hasard dans votre quartier Olga, je vous l'assure. Moi j'ai emménagé un peu plus loin pour qu'on ne nous voit pas trop souvent ensemble. Je me suis remis à soigner quelques animaux pour donner le change dans le quartier. C'est d'ailleurs Henri qui m'a demandé de soigner Pupuce quand personne ne voulait le faire. Henri, lui, s'est fait passer pour un jeune retraité coulant des jours paisibles dans son lotissement. Henri vous apprécie beaucoup vous savez, il ne voudrait pour rien au monde qu'il vous arrive quelque chose et il doit être profondément contrarié que vous ayez été entraînés dans cette terrible affaire, croyez-moi.

— Il n'y a pas que lui qui est contrarié, bougonna Sam.

— Mais alors ce ne sont pas vos vrais noms ? réalisa Olga.

— Non effectivement, mais pour le moment, et pour votre sécurité, je préfère ne pas vous révéler les vrais.

– Ouais, il a raison m'man, c'est au cas où on nous torturerait ! s'emporta Jürgen, pour pas qu'on révèle d'informations capitales !

— C'est exactement ça, répondit René.

— Trop puissant ! conclut Alessandro surexcité.

— Et qu'est-ce que vous avez fait de cette plante ? demanda Bernard.

— Avant de partir du village dans la jungle, le sorcier a expliqué à Henri quand et comment faire pousser la plante. Quand nous avons pu nous poser après toutes ces années de cavale, on a discrètement aménagé un laboratoire dans le sous-sol de la maison d'Henri pour qu'il puisse faire tranquillement les recherches et les analyses nécessaires sur la plante avant de la distribuer à tout le monde. Il voulait en connaître les effets secondaires, être sûr de n'empoisonner personne. De mon côté, je n'ai jamais été malade.

— Et quelles ont été ses conclusions ? demanda Jeanne impatiente.

— Et bien la plante a vraiment le pouvoir de sevrer instantanément de la nicotine et de l'addiction au tabac ou à n'importe quelles drogues. Comme ça, sans effets secondaires, sans accoutumance, en une seule fois. Une dose et hop, terminé comme si vous n'aviez jamais fumé. En un mot cette plante est une bombe atomique, rigola René.

— Et qu'en avez vous fait ? poursuivit Jeanne, perturbée par cette histoire, mais surtout, par l'effet que lui procurait René lorsqu'elle se trouvait près de lui.

— On a réfléchi à différents moyens de disperser la plante mais tous se sont révélés assez limités je dois dire. On cherche encore un moyen de dispersion à grande échelle. Cela n'empêche que, depuis deux ans, on a déjà sevré à leur insu des milliers de personnes qui n'ont jamais dû comprendre comment elles avaient fait pour arrêter de fumer d'un seul coup, comme ça, et qui doivent se vanter que c'est grâce à leur seule volonté. Quelle rigolade !

— Ouais, c'est bien joli tout ça, intervint Sam, je voudrais pas casser l'ambiance mais c'est quoi le programme maintenant ? Parce que je ne vois pas comment on va faire pour se sortir d'un tel merdier et on ne va pas rester éternellement dans cette cave non plus, donc on fait quoi monsieur le spécialiste ?

— Dans un premier temps, expliqua René, nous allons devoir libérer Henri tous ensemble et j'insiste sur le « tous ensemble ».

— Pardonnez-moi encore une fois de casser l'enthousiasme général, dit Sam, mais je n'ai pas l'intention de jouer les commandos pour libérer votre voisin botaniste, même si je l'apprécie également, je dois le préciser.

— Pas d'affolement Sam, vous ne serez obligé de rien du tout, le rassura René, mais vous allez devoir malgré tout nous accompagner. Pour ce qui est de jouer les commandos, rassurez-vous, je vais appeler quelques amis en qui j'ai toute confiance et qui seront ravis de me filer un coup de main.

— Pourquoi devrais-je venir avec vous, puisque vous avez une armée à vos ordres ?

— Parce que dès que vous aurez franchi la grille de cet entrepôt, ces types vous retrouveront en moins d'une heure. Parce qu'ensuite, comme vous l'a dit votre neveu, ils vous tortureront à mort sans le moindre scrupule pour vous faire cracher ce que vous savez ou pas, et parce qu'ensuite, ils vous tueront comme on supprime un cafard et feront disparaître votre corps sans laisser de traces. Voilà pourquoi vous allez devoir venir avec nous Sam. Ai-je été assez clair ? termina fermement René. Et il en va de même pour tout le monde ici.

— De toute façon, râla Olga, même quand on était petit, il ne voulait jamais jouer aux gendarmes et aux voleurs avec moi, alors…

— Mais ça n'a rien à voir, dit Sam contrarié. C'est bon, ça va, j'ai compris j'irai avec vous.

— Ouais, super, tonton, le félicita Jürgen en lui flanquant une grande tape dans le dos, c'est cool.

— Bravo m'sieur, vous avez pris la bonne décision, le conforta Alessandro, il faut parfois emprunter des chemins de traverses pour retomber sur ses pattes.

— La ferme Alessandro, répondit Sam.

— Croyez-bien que j'en suis désolé, se radoucit René, mais si vous partez et que vous regagnez vos maisons maintenant, ils vous tueront. La seule solution c'est de récupérer Henri et de se trouver une bonne assurance-vie. Les enjeux de cette affaire sont trop importants et vont au-delà de la vie de quelques personnes insignifiantes comme nous.

Ces dernières paroles jetèrent un froid autour de la table.

— Et vous savez où se trouve Henri ? demanda Bernard qui rapportait des feuilles de papier et des stylos.

— Oui, je sais à peu près où ils le détiennent, heureusement j'ai encore des amis.

— Mais Nanet, qu'est-ce ce que tu fais avec ça ? lui demanda Olga. On ne fait pas un atelier bricolage.

— Ben, c'est pour dessiner les plans et noter tout ce qu'il va falloir faire Minou, je n'ai pas de mémoire, tu le sais bien !

— T'es vraiment un grand malade, dit Sam en allant se servir du café dans le coin cuisine.

— René ? Ça veut dire où « à peu près » ? lança Sam du fond de la pièce.

— Ne l'écoutez pas, René, dit Olga en menaçant du poing son frère.

— Alors il est où ? demanda Ruth impatiente.

— Ici, à Lyon.

— Quoi, s'étouffa Bernard, ils ne l'ont pas emmené à l'autre bout du monde ?

— Bien sûr que non, ils veulent rester sur place au cas ou Henri parlerait, ils cherchent son labo.

— Et où l'ont-t-ils enfermé alors ? demanda Jeanne pour recentrer la conversation.

— D'après ma source, ce serait dans le centre commercial, mais je ne sais pas encore où exactement.

— On le connaît par cœur ce centre commercial hurla Alessandro, on y passe tout notre temps.

— Alors peut-être que vous pourrez être utiles, dit René.

— Yessssss, siffla Jürgen en levant le poing.

— Oui, ben t'enflamme pas trop, le calma Olga, ça pourrait être dangereux.

— On fera tout pour minimiser les risques, croyez-moi Olga, la rassura René. Malheureusement, je ne peux pas marcher et je vais devoir vous demander de m'aider pour libérer Henri.

— Merci qui ? hurla Sam, merci Bernard !

— Oh toi, la ferme ! lui cria l'intéressé avant de se tourner mielleusement vers René. Comment va-t-on s'y prendre exactement ?

— D'abord on va changer ce pansement, ordonna Jeanne qui arrivait avec le matériel nécessaire.

— Est-ce qu'on peut donner un nom à l'opération ? s'enflamma Jürgen.

— N'importe quoi, ricana Bernard, tu te crois vraiment dans *Mission impossible*.

— Ben quoi, râla Jürgen, toutes les opérations commandos ont un nom de code papa. Pas vrai René ?

— Exact fiston, répondit René, conciliant. T'as une idée ?

— Ouais mais carrément m'sieur, on en a parlé avec mon équipe et on pense qu'on pourrait l'appeler : l'opération R8. Ça claque, non ?

— L'opération R8, répéta Sam en se moquant, pourquoi R8 ?

— Ben, c'est comme dans *Océan 11*, expliqua Ruth. Vous savez le film avec George Clooney et Brad Pitt, sauf que là on est que huit et pas onze et que c'est l'opération de René. Donc René 8, voilà, R8 pour faire plus court, plus percutant, c'est tout.

— C'est n'importe quoi, continua Sam, vous…

— Allez vendu, trancha René pour faire taire tout le monde, ce sera l'opération R8. Il est très bien ce nom, bravo !

Jeanne termina le pansement et reprit sa place autour de la table.

— Merci pour le pansement Jeanne, dit René avec un sourire charmeur.

— C'est toujours un plaisir de soigner un héros, plaisanta-t-elle en se tortillant sur sa chaise comme une collégienne. Je dois tout de même vous avertir que ce n'est pas très beau.

René était pâle, mais tenait le coup malgré la douleur.

— Je sais, dit simplement René, il faudra sûrement m'opérer.

Jeanne lui prit la main et la serra.

Bernard fila un coup de coude peu discret à Olga qui gloussa comme une dinde. Jürgen, qui repéra le manège de ses parents, haussa les épaules d'agacement.

— Et comment va-t-on faire face à des gens surentraînés ? demanda Olga perplexe.

— Pas d'inquiétude, j'ai un plan, dit René avec un grand sourire. Mes hommes ne vont pas tarder à arriver et tout va aller comme sur des roulettes.

La 3ème loi de Murphy :

« Même si quelque chose ne peut pas aller mal, cela ira mal quand même. »

Le vieux téléphone en bakélite fit une nouvelle fois sursauter tout le monde, avec sa puissante sonnerie aiguë.

— Bon sang de bois, hurla Bernard qui en fit tomber ses crayons, est-ce que quelqu'un pourrait décrocher ce satané téléphone ?

René porta le lourd combiné à son oreille.

— …

— Quand ça ?

—…

— Aucun ? Mais comment ?

— …

— Je comprends.

—…

— Très bien, fais ce qui est prévu et attends mes instructions.

—…

— Merci, je te le revaudrai.

Le visage tendu, René reposa lentement le combiné sur sa base carrée qui émit le fameux « ding ».

Son visage se ferma et devint sombre

— Un souci ? demanda Jeanne qui avait remarqué le changement sur son visage.

— Écoutez-moi tous, dit-il gravement.

Au son de sa voix tous se figèrent. Même Pupuce, qui avait fini par avoir raison de son gigot congelé, dressa l'oreille.

— Que se passe-t-il ? demanda Olga inquiète.

— Il faut que nous partions immédiatement, dit René sans préambule.

— Pourquoi ça ? Et le plan alors ? demanda Bernard qui venait de ramasser tous les crayons.

— On verra plus tard pour le plan, répondit René en essayant de se lever.

Jeanne se précipita pour l'aider.

— Que se passe-t-il René, vous nous inquiétez tous ?

— Je suis pris de cours, avoua l'ancien béret vert en s'appuyant sur l'épaule de Jeanne, je ne m'attendais pas à ça. Mes hommes ne viendront pas.

— Ils ne sont pas fous, ils ont changé d'avis ? plaisanta Sam.

— Non Sam, ils sont tous morts.

Une chape de plomb tomba sur la pièce. Tout le monde venait enfin de comprendre que leur vie était en danger et que les gens qui les cherchaient, ne plaisantaient pas et se rapprochaient de plus en plus.

— Mais enfin René, que s'est-il passé ? demanda Bernard, pour briser ce silence insupportable.

Olga rapprocha la chaise pour qu'il se rasseye.

— Ils étaient en route pour le tonneau, expliqua René d'une voix blanche. Le tonneau c'est le nom que nous donnons à l'endroit où nous sommes. Ils respectaient le protocole de sécurité que j'avais mis en place, à savoir que chacun doit arriver par un chemin différent pour éviter d'être suivi mais les hommes du consortium leur sont tombés dessus simultanément.

— Comment c'est possible ? tenta Sam pour se racheter de sa boulette. À moins qu'il n'y ait…

— …Une brebis galeuse. Exact Sam. Ils les ont supprimés sans scrupules et ils seront là dans quelques minutes.

— Qu'est-ce qu'on va faire ? s'affola Bernard.

— Je ne sais pas, avoua René, les bras ballants.

— Vous ne pouvez pas vous laisser aller René, il y a trop de gens qui comptent sur vous, tenta Jeanne. Votre ami Henri et nous tous ici présents, nous aimerions bien voir le soleil se coucher ce soir.

— Je le sais chère Jeanne, dit-il en lui serrant la main, mais là, voyez-vous, j'ai un sérieux coup de blues.

— Pourquoi ne pas partir tout simplement en voiture ? demanda Bernard.

— Parce qu'ils ont déjà quadrillé tout le quartier autour de l'entrepôt, qu'ils ont le signalement de nos voitures et qu'ils nous coinceraient comme des rats dans une souricière, expliqua René, les yeux fixés sur le sol.

Il était pâle et avait les traits tirés. Il pensait à ses hommes, ses amis assassinés qu'il ne reverrait plus. Il en avait déjà perdu beaucoup au cours de ses missions périlleuses mais cette fois-ci, la pilule était dure à avaler. Personne n'osait parler, on n'entendait que le bruit mécanique de la filtration d'air. Même Pupuce avait mis ses pattes sur son museau, comme pour compatir.

— Je n'ai pas d'autre endroit où vous cacher, lâcha René, fataliste, ils seront là bientôt.

— Eh, oh, le béret vert, faut vous ressaisir mon vieux ! hurla Sam. Ces types vont se pointer et vont tous nous tuer et vous avec. C'est vous le commando spécialiste de ce genre de situations, pas nous, alors si vous ne trouvez pas de solutions très rapidement nos espérances de vie vont considérablement se réduire, alors bougez-vous un peu le cul, merde !

— Du calme, cria Olga, c'n'est pas en hurlant qu'on va trouver des solutions.

— Ni en restant le cul sur une chaise non plus, s'emporta Sam.

— Il n'a pas tort Minou, souligna Bernard.

— Oh toi, ça va hein, le…

— Arrêtez, j'ai une idée ! cria Jürgen plus fort que tout le monde pour couvrir l'engueulade entre sa mère et son oncle. Oooooh, vous allez fermer vos gueules oui !

— Quoi ? Qu'est-ce que tu viens de dire ? demanda Olga.

— Laissez-le parler, trancha René. Vas-y Jürgen, nous t'écoutons.

— René, on a combien de temps avant qu'ils se pointent ?

— D'après ma source trente minutes maximum, mais pour plus de sécurité, et par expérience, dit-il en fusillant Sam du regard, je dirais vingt minutes à partir de maintenant.

Et, en professionnel averti, il déclencha un compte à rebours sur sa montre.

— Alors voilà mon idée, dit Jürgen tout excité. On sort d'ici à pied le plus rapidement possible et...

— Et puis quoi gros malin, lança son oncle encore sous le coup de l'engueulade avec sa soeur, on court comme des dératés dans les rues ?

— Fermez votre gueule Sam, le coupa René, continue Jürgen.

— Maman, tu appelles Gégé au garage pour qu'il rapplique ici avec le gros camping-car que tu as en dépôt, tu sais ce truc énorme comme dans *Mon beau père et moi* avec De Niro. Le temps qu'il se pointe, on sort d'ici, on se planque le mieux qu'on peut dans des endroits différents, ensuite on grimpe dedans et… et, ensuite on verra quoi.

Personne ne parlait.

— Alors, demanda-t-il tout excité, qu'est-ce que vous en dites de mon idée René ?

Ruth applaudissait, les yeux pleins d'admiration pour Jürgen.

— C'est une idée de génie fiston, hurla Bernard.

— Ton père a raison mon gars, une putain d'idée de génie, pardonnez mon langage Jeanne. En sortant du dépôt par petits groupes, on attirera moins l'attention sur nous. On n'aura plus qu'à organiser un discret ramassage scolaire avec ce camping-car. Olga, vous avez vraiment un camping-car dans votre garage ?

— Euh oui, oui c'est vrai que j'ai ce truc démesuré en dépôt...

— Demande à Gégé de te l'amener, dit Jürgen.

— Qui est Gégé ? demanda René en regardant le compte à rebours de sa montre ?

— Un de mes mécanos.

— Vous avez confiance en lui ?

C'était la question du jour : peut-on avoir confiance en quelqu'un ?

— Oui, totalement, enfin je pense, je l'ai aidé dernièrement quand il a eu de gros soucis, il se fera un plaisir de me renvoyer l'ascenseur et c'est un type qui n'aime pas la police et…

— Parfait, alors appelez Gégé pour qu'il se mette en route immédiatement.

René regarda sa montre qui indiquait 18mn 30s. Il fouilla dans ses poches et sortit une liasse de billets de cinquante euros qu'il tendit à Olga.

— Tenez, vous donnerez ça à Gégé pour le dédommagement.

— Il n'acceptera jamais.

— Dites-lui que c'est pour service rendu et pour son silence. Qu'il s'offre ce qui lui fera plaisir. Mais surtout qu'il dépose le camping-car là où on lui indiquera et qu'il parte sans se retourner. Vous pensez qu'il pourra faire ça sans poser de questions Olga ?

— Pas de souci, ricana Bernard, ce type a plus de secrets que l'ex-URSS.

Olga décrocha son portable.

— Arrêtez ! la stoppa René. Appelez avec le vieux téléphone, la ligne est sécurisée. Donnez-le moi, d'ailleurs donnez-moi tous les vôtres également, c'est trop dangereux. Jürgen, va me chercher la mallette noire qui est là-bas, dit-il en lui indiquant un placard.

Le temps que Jürgen fasse l'aller-retour, René récupéra tous les portables, les éteignit et enleva toutes les cartes sim. Il ouvrit la mallette que Jürgen lui tendait et sortit des petits téléphones sous emballage plastique.

— Ce sont des téléphones jetables intraçables, prenez-en tous un.

Olga s'était dirigée vers l'antique téléphone gris et avait composé le numéro du garage en faisant tourner ses doigts sur le cercle numéroté de la base carrée. Les trois jeunes, fascinés par cette procédure, s'étaient penchés au-dessus d'elle pour mieux voir.

— Bernard, Sam, poursuivit René, prenez ces deux sacs de sport et suivez-moi. Jeanne, s'il vous plaît, aidez-moi, demanda gentiment René en se relevant. Vous, dit-il aux jeunes qui ne savaient pas trop quoi faire, attachez Pupuce et grimpez dans le hangar nous attendre, surtout ne sortez pas. Ok ?

— Ok m'sieur.

Pupuce, toute contente à l'idée de revoir la lumière du jour, tirait déjà sur sa laisse comme une enragée. Avec l'aide de Jeanne, René claudiqua vers un mur en apparence lisse et appuya sur une petite télécommande qu'il sortit de sa poche. Le mur pivota et s'ouvrit sur une alcôve remplie d'armes de toutes sortes.

— Nom de dieu ! jura Bernard en entrant dans la pièce, c'est l'armurerie des États-Unis là-dedans !

— Prenez tout ce qui rentre dans ces sacs, ordonna René, dépêchez-vous.

Les deux hommes s'exécutèrent sans poser de questions. René s'empara d'un pistolet automatique qu'il glissa dans son holster.

— Je peux en avoir un ? demanda Bernard, en prenant des grenades soniques et des pains de plastic.

— Pas question, dit fermement René, vous n'êtes pas encore très fiable avec les armes à feu et faites attention avec l'explosif.

— Ouais il a raison, plus de flingue pour toi beau-frère, tu pourrais encore nous tirer dessus, se moqua Sam.

— Ah, ah, ah, très drôle.

Ils sortirent de l'alcôve en traînant les deux sacs chargés à bloc. Olga venait de raccrocher avec Gégé. Comme elle l'avait prédit, il ne posa aucune question et arrivait avec le camping-car, il attendait le sms avec l'adresse. René regarda sa montre : 15mn 23s.

— Vite.

— Quelle adresse ? demanda Olga

— Dites-lui qu'il se gare 8 avenue des platanes, c'est à cinq cents mètres d'ici, c'est une large avenue avec beaucoup de place pour garer un tel engin. Ensuite, qu'il attende vos ordres.

Elle envoya les instructions à Gégé, puis ils remontèrent tous dans le hangar.

— Qui va conduire ce camping-car ? s'inquiéta Jeanne en soutenant René.

— Moi, répondit-il péniblement en montant les marches une à une.

— Certainement pas, lui dit Olga, j'ai mon permis transport en commun et poids lourds et, en plus, vous n'êtes pas en état. Ça pose un problème à quelqu'un ? demanda-t-elle en s'arrêtant au beau milieu de l'escalier.

— Bien sûr que non Minou, tu t'énerves pour rien, la calma Bernard, et en plus tu nous ralentis. Allez, avance, ordonna-t-il en hissant difficilement son sac d'armes à feu derrière lui.

Pupuce tournait en rond dans le hangar, attendant que quelqu'un lui ouvre enfin la porte vers la liberté. Ruth et Jürgen étaient montés sur des échafaudages pour observer discrètement la cour à travers une vieille fenêtre sale. Pour le moment tout était calme. Dans le bric-à-brac du hangar, Alessandro avait déniché un fauteuil roulant pour René.

— Eh regardez ça, cria-t-il en courant vers eux dès qu'il les aperçut. Regardez ce que j'ai trouvé René.

— T'as raison Sam, ce gamin est vraiment un lèche-botte de première, se moqua Bernard qui déposa son sac d'armes à côté de celui de son beau-frère.

— En tout cas ce chariot est le bienvenu, conclut René en se jetant dessus. Merci mon garçon.

— C'est toujours un plaisir m'sieur.

— Bon ça ira, le calma Olga.

— Regardez, poursuivit René, là-bas il y a un chariot plat pour transporter les deux sacs et...

À peine eut-il terminé sa phrase qu'Alessandro était déjà sur le coup.

—J'y vais m'sieur.

René regarda sa montre : 11mn 22s

— Comment ça se présente dehors ? demanda René à Jürgen et Ruth toujours postés sur leur perchoir.

— C'est calme, dit la jeune fille, collée au carreau.

— Ça ne durera pas, allez, descendez, on s'en va. Les jeunes, vous allez partir tous les trois les premiers. Vous tournez à gauche en sortant, puis la deuxième à gauche, et enfin, la première à gauche vous arriverez là où le camping-car doit se garer. Cachez-vous où vous pourrez en nous attendant et soyez discrets.

Ruth et Jürgen étaient descendus de leur échafaudage pour rejoindre Alessandro.

— Olga, vous les suivez de loin pour plus de sécurité. Sam vous partez avec Bernard, vous posez les sacs sur le chariot roulant et vous prenez sur la droite. À environ quatre cents mètres sur votre gauche se trouve une ancienne station service désaffectée, cachez-vous dedans avec le chariot, on passera vous récupérer avec le camping-car.

— Si on se fait pincer avec un tas d'armes comme ça, dit Sam inquiet, on plonge pour un bon moment.

— C'est un quartier industriel, expliqua René, tout le monde se trimballe dans le coin avec des chariots élévateurs ou des camions, alors croyez-moi, personne ne fera attention à vous.

— On passera vous chercher, on passera vous chercher, c'est bien joli, se plaignit Bernard, mais c'n'est pas vous qui allez…

— La ferme Nanet, le coupa Olga, on n'a pas le temps de chicaner.

— Mais je ne chicane pas j'te ferais dire, qui chicane ici hein ?

— La ferme !

— Merci Olga. Jeanne et moi nous fermerons la marche, vous nous récupérerez là où je vous le dirai. Approchez tous.

Il se leva difficilement et ouvrit une vieille armoire en fer rouillé. Il prit une caisse en plastique et se rassit sur son chariot.

Il l'ouvrit et distribua à tout le monde des petits talkies-walkies avec leurs oreillettes de communication.

— Avec ça nous serons en contact permanent, leur expliqua René.

— Trop classe, s'extasia Jürgen en insérant l'écouteur dans son oreille.

— Evitez de piailler dedans comme des merles et ne parlez que quand c'est important et nécessaire, et pas tous en même temps.

Les jeunes furent les premiers à s'équiper. Bernard s'emmêla dans les fils et il lui fallut l'aide de sa femme pour s'en sortir rapidement.

— Et Pupuce ? demanda soudainement Olga.

— Elle part avec vous bien entendu, précisa René en regardant sa montre : 8mn 12s. Ne perdons plus de temps, allez les jeunes, vous savez ce que vous avez à faire.

— Soyez prudents, leur lança Olga.

— Ne vous inquiétez pas madame, la rassura Alessandro, nous…

— La ferme, le coupa Sam, avance on te dit.

Ils ouvrirent la porte de l'entrepôt et jetèrent un œil discret dans la cour. Rien. Ils sortirent et se dirigèrent d'un pas rapide vers le portail. Olga les observait avec inquiétude.

— Ça va aller, la rassura Bernard en mettant son bras autour d'elle.

— Personne, résonna la voix de Jürgen dans leurs oreillettes, on sort dans la rue.

— Ok, répondit René, continuez sur le même rythme et ne vous retournez pas, ça attire l'attention.

— « Roger », dit Ruth en rigolant comme une folle. Désolée, m'sieur mais ça me faisait trop envie.

— Fermez-la, gronda René. Allez Olga, à vous.

Elle attacha Pupuce et embrassa longuement Bernard.

— À toute à l'heure mon chéri, sois très prudent, ne va pas faire de conneries, d'accord ? Je te confie Sam, tu sais qu'il…

— Ça ira ! lança Sam. On va y arriver Olga, tu peux y aller maintenant.

Elle se dirigea vers lui et le serra dans ses bras.

— Là, c'est bon, tu vas m'étouffer sœurette.

— Olga ! Vous devez y aller, la pressa René.

— Ça va, j'y vais, houlala.

Pupuce fut la première à sortir dans la cour en traînant sa maîtresse derrière elle. Sam et Bernard avaient chargé les lourds sacs d'armes sur le chariot et l'avaient amené devant la porte.

— Vous vous souvenez de tout ? leur demanda René.

— Évidemment, se vexa Bernard.

— Alors allez-y.

Sam ouvrit la porte et Bernard poussa le chariot dans la cour. Ils tournèrent à droite et disparurent à leur tour en direction de la station-service désaffectée.

René regarda sa montre : 4mn 50s.

— Et nous ? demanda Jeanne, un peu stressée.

— Nous allons prendre la rue juste en face Jeanne. Rassurez-vous, tout ira bien.

— Je l'espère en tout cas, je vous fais confiance René.

Il lui prit la main et la serra longuement.

— Vous savez Jeanne, il y a bien longtemps que personne ne s'était pas occupé de moi comme vous le faites et je dois reconnaître que c'est très agréable.

Elle rougit comme une adolescente.

— C'est étrange René, je ne sais pas comment l'expliquer, on ne se connaît que depuis douze heures, mais j'ai l'impression de vous connaître depuis toujours, répondit-elle, troublée, en poussant le chariot dans la cour.

Ils sortirent de la cour discrètement et traversèrent la rue.

— Vous voyez l'arrêt de bus à environ cinq cents mètres là-bas, Jeanne ?

— Oui.

— Allons-y tranquillement

Une fois arrivé, René fit le point avec tout le monde pour connaître leur position.

— On est caché dans un massif de plantes, confirma Alessandro, personne ne peut nous voir.

— Moi je promène Pupuce juste en face d'eux, dans une contre-allée avec des haies qui me cachent de la rue, brailla Olga dans son micro. J'ai déposé l'enveloppe pour Gégé dans la poubelle comme vous me l'avez demandé.

—- Bernard, Sam ? appela René. Bernard vous me recevez ? Bernard ? Sam ?

Pas de réponse.

— Bernard, tu vas répondre à la fin ? s'emporta Olga inquiète.

— Olga, laissez le canal libre.

— Ouais, ouais ça va, je suis là, beugla Bernard.

— Mais enfin, qu'est-ce que tu foutais ? brailla Olga.

— On tirait avec des flingues sur des cannettes de bière derrière la station, vous n'avez pas entendu les coups de feu, ricana-t-il bêtement.

— Oh ça va, t'es pas drôle

— Vous allez laisser ce canal libre bon Dieu, s'agaça René.

— Ça va, on a eu du mal pour entrer le chariot dans le garage, expliqua Sam, mais ça y est, nous sommes à l'abri maintenant, on vous attend.

— Chut, ordonna René, silence absolu à partir de maintenant. Ils arrivent.

Sa montre indiquait : 0mn 56s

Tout le monde se tut instantanément avec une boule au ventre. Deux camionnettes noires passèrent en trombe devant Jeanne et René qui baissèrent la tête.

— Pile à l'heure, dit-il doucement à Jeanne qui lui serra la main.

L'une d'elles entra à toute vitesse dans la cour de l'entrepôt de René et l'autre se mit en travers du portail, bloquant le passage. Des hommes en noir lourdement armés, visages cagoulés, entrèrent dans l'entrepôt pendant que d'autres fouillèrent la voiture de Ruth et de Bernard. Deux mercenaires sans cagoule et sans arme visible montaient discrètement la garde devant le portail, empêchant quiconque d'entrer.

— Maintenant ils savent que nous avons été prévenus, dit René.

— Comment le savent-ils ? demanda-t-elle sans quitter des yeux les deux hommes qui montaient la garde devant le portail.

— Nos voitures sont toujours dans la cour et ils n'ont trouvé personne à l'intérieur. Ils savent donc que nous ne sommes pas loin et ne vont pas tarder à nous chercher.

Il appuya sur son micro.

— Olga pour René ?

— Hein ? Quoi ? Moi ?

— Oui toi, dit Bernard agacé, c'est toi Olga, pff.

— Papa, la ferme !

— Jürgen, c'est toi mon doudou ?

— Un peu de respect fiston, ou ça va barder.

— Vous allez la fermer, brailla Sam.

— Olga, poursuivit René, est-ce que votre ami est arrivé ?

— Pas encore, il ne devrait plus tarder, maintenant.

En disant cela, elle vit surgir au coin de l'avenue l'énorme camping-car noir.

— Il arrive René, s'affola-t-elle, il est là.

— Calmez-vous Olga, n'attirez pas l'attention sur vous, laissez-le se garer tranquillement.

Le camping-car ralentit et vint se garer exactement là où le lui avait demandé Olga. Gégé se dirigea vers la poubelle accrochée au lampadaire, récupéra discrètement l'enveloppe et s'en alla comme convenu sans se retourner.

— Ça y est, dit Olga, il est parti.

— Alors, grimpez dedans et récupérez les jeunes ! ordonna René.

— Ok

Elle traversa la rue en tirant Pupuce et récupéra les clefs que Gégé avait cachées sous la roue avant droite de l'engin. Pupuce, qui refusait de grimper dans le camping-car, se fit sévèrement gronder. Finalement, la chienne préféra céder et monter à bord plutôt que de subir une nouvelle engueulade et peut-être une privation d'os. Olga, en nage d'avoir tiré Pupuce à l'intérieur, allait refermer la porte lorsqu'un homme s'approcha du camping-car.

— Attention maman, dit Jürgen, y a un type chelou qui vient vers toi.

— J'le vois mon doudou, t'inquiète pas.

— Eh, eh, eh, lança lubriquement l'homme à Olga, ça va poupée ?

— Quoi ?! Qu'est-ce que vous dites ?

— Combien pour un p'tit câlin dans ta caravane de luxe ma beauté ? demanda l'homme en jetant des coups d'œil furtifs à l'intérieur du véhicule.

— Débarrassez-vous de lui, ordonna René, vite !

— Monte mon chou, j'te dirai ça à l'intérieur, on sera plus tranquille, répondit Olga avec une grand sourire séducteur.

— Mais qu'est-ce que vous faites ? s'égosilla René dans l'oreillette.

— René, laissez le canal libre, ricana Bernard, on aimerait bien entendre la suite nous !

L'homme regarda à droite et à gauche puis grimpa à l'intérieur du camping-car pendant qu'Olga refermait la porte sur lui.

— Ça va être sa fête, confirma Jürgen.

— Affirmatif, dit Sam, le sourire aux lèvres.

La scène dura moins de vingt secondes. On entendit des bruits de coups, des râles et des supplications. L'homme reçut une raclée comme il n'en avait jamais reçue et Pupuce lui arracha un bout de fesses. Olga rouvrit la porte et le jeta dehors sans ménagement. L'homme en sang se releva et fila en boitant et en jurant.

— Bravo pour la discrétion, l'engueula René.

— C'était un porc, dit Olga, il a mérité sa correction.

— Bref, récupérez les jeunes et filez prendre Bernard et Sam.

Elle s'assit au volant de l'énorme engin et démarra. Elle opéra un demi-tour en bloquant la circulation dans cette zone industrielle déjà bien engorgée par le trafic et se gara de l'autre côté de la rue juste devant le bosquet de verdure où étaient cachés les jeunes.

— Allez les enfants, beugla-t-elle dans son micro, sautez à l'intérieur.

Ils bondirent dans le camping-car. Pupuce leur fit des fêtes comme si elle ne les avait pas vus depuis un siècle. Olga verrouilla la porte et démarra.

— Ok René, j'ai le premier colis, dit-elle nerveusement, je pars récupérer le second.

— On t'attend Minou, brailla Bernard, dépêche !

— J'arrive, soyez prêts, on n'a pas la semaine.

— Soyez très prudents pour ce ramassage, leur conseilla René, vous ne serez pas très loin d'eux. N'attirez pas l'attention sur vous encore une fois.

De leur côté, René et Jeanne observaient de loin les agissements des mercenaires de Wilson dans la cour de l'entrepôt.

— Regardez Jeanne, ils ont compris que nous ne devions pas être très loin.

En effet, certains étaient ressortis du hangar pour se regrouper au centre de la cour. Ceux qui montaient la garde devant le portail parlaient nerveusement dans leur micro en jetant des regards furtifs à droite et à gauche.

— Ils font le point et ne vont pas tarder à ratisser le secteur, dit René. Olga, où en êtes-vous ?

Elle venait de se garer devant la station abandonnée et était descendue ouvrir les coffres latéraux.

— Je vais les aider, lui dit-elle

— Non, remontez immédiatement à bord et restez au volant. Ils vont s'en sortir tout seuls.

Olga chiffonnée, obéit et remonta à bord. Bernard et Sam tirèrent le chariot vers les soutes du camping-car et balancèrent le premier sac dans le coffre.

— Dépêchez-vous, les boostait René.

— On fait le max, grogna Sam, mais c'est lourd.

Ils lancèrent le deuxième sac qui rata le coffre et tomba par terre avec un gros bruit métallique qui résonna dans toute la rue. Devant le portail, un des gardes tourna la tête en direction du camping-car.

— Ils vous ont repérés, dit calmement René, chargez-moi rapidement ce sac et disparaissez.

L'homme observa cet énorme camping-car garé dans une zone industrielle et parla dans son micro. Une voiture, que René n'avait pas vue, s'arrêta devant les gardes qui parlèrent quelques secondes au conducteur avant qu'elle ne reparte en trombe en direction du camping-car.

Bernard et Sam qui avaient fini par mettre le dernier sac dans le coffre, étaient enfin montés à bord. Olga verrouilla la porte et démarra.

— Cette fois c'est sûr, vous êtes repérés, confirma René.

— Et qu'est-ce qu'on fait ? s'affola Olga en faisant craquer les vitesses.

— Débraye, débraye, tu vas flinguer la boîte, hurlait Bernard en se cramponnant un peu partout.

— La ferme Nanet !

— Pour le moment, poursuivit René, vous roulez droit devant vous et quoi qu'il arrive vous vous concentrez sur la conduite, d'accord Olga ?

— D'accord, mais…

— Quoi qu'il se passe Olga, continuez de roulez. OK ?

— Oui Ok, hurla-t-elle, j'ai compris, quoi qu'il arrive, je roule.

René coupa son micro et s'adressa tendrement à Jeanne en lui prenant la main.

— Jeanne, s'il vous plaît, je vais vous demander de bien vouloir vous accroupir derrière le fauteuil et de vous boucher fortement les oreilles.

Elle obtempéra sans discuter. René sortit son téléphone jetable et composa un numéro. Moins d'une seconde plus tard une terrible déflagration fit trembler le sol et les murs des bâtiments du secteur. Une épaisse fumée noire s'éleva au-dessus de l'entrepôt de René. Toutes les alarmes du quartier se déclenchèrent dans un bruit assourdissant et bon nombre de vitres explosèrent. Les gens sortaient affolés des entreprises du quartier pour voir ce qu'il se passait.

Certains, pris de panique, criaient en courant dans tous les sens. La camionnette noire garée dans la cour se retourna comme une crêpe, et celle devant le portail fit un bond et se retrouva au milieu de la rue. Le mercenaire, qui était au volant, sortit abasourdi, les mains sur ses oreilles, les tympans crevés. La voiture noire, qui poursuivait le camping-car, fit demi tour et retourna à l'entrepôt. Deux hommes seulement sortirent en titubant du hangar en flammes. Ils sautèrent dans la camionnette et filèrent à toute allure suivit par la voiture noire.

— Vous allez bien Jeanne ? demanda René.

— Un peu secouée, je dois l'avouer. J'ai les oreilles qui sifflent mais à part ça, ça va, ironisa-t-elle.

— Ce n'est rien, ça va passer.

— Qu'est-ce qu'on fait maintenant ?

— Rien pour le moment, on attend.

Il alluma sa radio. Olga braillait comme un cochon qu'on égorge dans l'oreillette.

— Allô ? Allô ? René bordel, mais qu'est-ce qui se passe ?

Dans le camping-car, la violence de l'explosion avait surpris tout le monde. Pupuce, désorientée, dévorait un siège en velours pour se venger de ce méchant bruit qui lui avait fait très mal aux oreilles. Les jeunes s'étaient jetés sur la vitre arrière pour regarder l'épaisse fumée noire s'élever dans le ciel, comme un champignon atomique.

— Mortel ! crièrent en cœur les trois jeunes adultes.

— Renéééé ? hurlait Olga dans son micro.

— Calmez-vous Olga, je suis là.

— Mais bon sang, rugit Bernard, qu'est-ce qui s'est passé ?

— Ils vous avaient repérés et se dirigeaient droit sur vous. Ils vous auraient tous abattus dans le camping-car, dit gravement René, alors j'ai fait sauter le hangar

— Qu'est-ce qu'on fait maintenant ? demanda Olga.

— Vous faites demi-tour immédiatement et vous revenez au plus près de l'entrepôt avant que le secteur ne soit bouclé. Ça ne va pas tarder à grouiller de flics, de pompiers, d'ambulances et de journalistes.

— Quoi ? s'égosilla Sam dans son micro. Mais qu'est-ce que vous nous chantez, ils vont nous tomber dessus si nous retournons là-bas.

— Non Sam, ils sont partis dans leur camionnette avant l'arrivée des flics. Nous serons plus en sécurité dans l'œil du cyclone, croyez-moi. Ils savent désormais que nous avons ce camping-car et doivent déjà le chercher, ils ne s'imaginent pas que nous allons nous cacher ici.

— Mais vous et Jeanne ? demanda Olga en négociant un demi-tour serré dans un rond-point.

— On va partir tranquillement à pied. On vous rejoindra plus tard.

Déjà les sirènes annonçaient l'arrivée de la cavalerie. Les camions de pompiers se garaient par dizaines à proximité de l'entrepôt en flamme. Les hommes du feu hurlaient en déroulant des kilomètres de tuyaux.

La police installa un périmètre de sécurité sur plusieurs centaines de mètres autour du hangar et verrouilla tout le quartier. Ils firent évacuer des centaines de personnes et prirent des dizaines de dépositions. Les ambulances faisaient des allers-retours vers les hôpitaux les plus proches.

Par chance on ne dénombrait que quelques blessés légers. Les seuls morts, que les pompiers découvriraient, seraient dans l'entrepôt de René. Les médias, très déçus qu'il n'y ait pas plus de victimes, étalaient leurs caméras en interviewant n'importe qui pour raconter n'importe quoi. Les journalistes à sensation montaient la mayonnaise en expliquant que c'était une zone industrielle et que d'autres explosions n'étaient pas exclues.

— Si vous le voulez bien Jeanne, proposa gentiment René en fermant son blouson, partons d'ici.

— Je suis d'accord, allons-nous-en.

René était pâle.

— Vous souffrez, lui dit-elle.

— Ça ira, je tiendrai le coup.

Ils passèrent devant des policiers qui leur demandèrent de ne pas rester dans le secteur. Tout en poussant la chaise roulante, Jeanne réalisa qu'elle avait changé de vie en l'espace de douze heures.

— Je suis vraiment désolé de vous avoir entraînée là-dedans Jeanne, tout cela va bouleverser votre vie.

— Les changements sont souvent douloureux, répondit-elle en inspirant profondément comme si elle naissait une seconde fois. C'est étrange, j'ai l'impression que ma vie d'hier se trouve déjà à des années-lumière.

— La mienne aussi, croyez-moi. Je pensais les avoir semés, mais votre passé vous rattrape toujours si vous fuyez constamment.

— Vous avez des idées pour libérer votre ami ?

— Oui, mais il va me falloir de l'aide et je ne veux plus vous mettre en danger, nous avons frisé la catastrophe tout à l'heure.

— Je ne sais pas ce que décideront les autres, en tout cas vous avez mon aide, dit-elle en lui serrant l'épaule. Je ne savais pas quoi faire à la retraite et bien j'ai trouvé, apprentie mercenaire.

— Merci, dit simplement René, allons les rejoindre.

Malgré les barrages de police et les cordons de sécurité Olga avait réussi à ramener le camping-car presqu'à son point de départ ; une prouesse, vu les circonstances. Il régnait à l'intérieur une ambiance électrique. Sam, comme toujours, se lamentait sur sa vie et la tournure des événements.

— Je commence à en avoir marre de René et de son complot, pesta-t-il en jetant son oreillette sur le siège. Ras le chapeau !

— Oui, mais grâce à lui, on est toujours vivant beau-frère, lui fit remarquer Bernard.

— Ouais, mais pour combien de temps ? Hein ? Tu peux me le dire ? Au cas où t'aurais pas remarqué, ça tombe comme des mouches autour de nous.

— Tu nous fatigues avec tes jérémiades frérot, on attend René et Jeanne et on verra bien. Pour le moment on se détend un peu, j'en tremble encore.

— Ce n'est pas des jérémiades, se vexa Sam.

Olga, en sueur, après sa conduite sportive, fouillait dans les placards pour voir s'il n'y avait rien à grignoter. Bernard et Alessandro, collés aux fenêtres sans tain, observaient sans être vus l'incessant va et vient des secours et de la police.

Pupuce, qui visiblement avait très envie de faire ses besoins, léchait copieusement la vitre pour l'user.

— Et ben, c'est une sacrée pagaille là-dehors, s'étonna Bernard en secouant la tête. Au fait, dit-il en se tournant vers sa femme, bravo Minou pour ta conduite impeccable, juste que t'as failli flinguer la boite de vitesses.

— Mais c'était un plaisir, Nanet, roucoula-t-elle en mettant la main sur un paquet de chips passé de date.

— Oui bravo m'dame, appuya Alessandro, vous avez vraiment un don pour la conduite et on sent que c'est naturel chez vous. Je tenais moi aussi à vous le dire.

— Te casse pas petit, je suis déjà mariée, ricana Olga en lui filant une claque derrière la tête. Oh regardez, il y a des olives, qui en veut ? demanda-t-elle joyeusement en ouvrant la boite avec ses dents.

— Au fait, où est Jürgen ? réalisa d'un coup Bernard.

Sans détourner la tête de la fenêtre, Alessandro montra le fond du camping-car avec son pouce. Bernard s'avança doucement vers la chambre qui occupait tout l'espace arrière du véhicule. Il poussa doucement la petite porte et vit, stupéfait, Ruth et Jürgen vautrés sur le lit s'embrassant à pleine bouche. Il voulut faire signe à Olga mais se ravisa et referma derrière lui, sans faire de bruit, avant de retourner à l'avant. La chienne, constatant que la vitre ne céderait pas sous ses coups de langues, commençait à attaquer la poignée à pleines dents.

— Il faut que je sorte Pupuce, dit Bernard en faisant un clin d'œil à Alessandro.

— Je t'accompagne, dit Olga en avalant une dizaine d'olives, ch'ai bechoin d'air. Au fait, où sont Ruth et Jürgen ?

— Qui ? s'exclama Bernard, comme pris en faute.

— Jürgen, ton fils, et Ruth, sa copine, tu te souviens mon chéri ? Qu'est-ce qu'ils font ? redemanda-t-elle.

— Rien, ils regardent par la vitre arrière, pouffa Bernard en fixant d'Alessandro.

— Qu'est-ce qu'il se passe ? demanda-t-elle, un sourirc cn coin.

Bernard mit ses deux index bout à bout et les frotta ensemble.

— Noooon, fit-elle en ricanant doucement, c'est vrai ?

— Et pas qu'un peu, ricana Bernard.

— On peut savoir ce qui se passe ? demanda Sam en tournant la tête.

— Non, répondit Olga, les râleurs n'ont pas le droit de savoir ce qui se passe. Ils sont punis.

— Ah, ah, ah, très drôle !

— Alors comme ça, mon doudou et Ruth…

— Ouais m'dame, confirma Alessandro, et ils veulent même se marier.

— Quoi ?! s'étouffa Olga en recrachant une olive qui atterrit sur la tête de Sam, lui donnant une nouvelle occasion de se plaindre.

— À Las Vegas, en tout cas c'est ce qu'ils m'ont dit tout à l'heure. J'n'en sais pas plus, dit Alessandro en haussant les épaules.

— À Las Vegas, pouffa Bernard, dans la chapelle du King ?

— Oui, ben on verra ça plus tard, dit Olga en attachant Pupuce qui commençait à dévorer sérieusement la poignée de la portière.

— Vous ne sortez pas d'ici, dit fermement Bernard à l'intention d'Alessandro.

Ils descendirent discrètement du camping-car et emmenèrent Pupuce dans un terrain vague en friche. Dans la cohue générale, personne ne fit attention à eux. Folle de joie, la chienne courut en rond cinq bonnes minutes sans s'arrêter, puis chopa un énorme rat que Bernard eut bien du mal à lui faire recracher. La bestiole se sauva sur trois pattes mais en remerciant le ciel d'être encore en vie. Quand ils remontèrent enfin dans le camping-car, les trois jeunes étaient assis côte à côte sur le canapé.

— Cette folle de chienne a encore chopé un gaspard gros comme mon bras, dit Bernard en s'essuyant les mains avec un chiffon gras qui traînait.

— Bon alors, qu'est-ce qu'on fait maintenant ? s'agaça Sam.

— On attend que René nous contacte.

— Et si on veut aller aux toilettes, on doit attendre que René dise oui ?

— Oh, la ferme Sam, tu fatigues tout le monde, s'énerva sa sœur.

— Alors les jeunes, quoi de neuf ? demanda Bernard pour changer de sujet.

— Ben rien, répondit Jürgen en haussant les épaules, qu'est-ce tu veux qu'il y ait de neuf depuis tout à l'heure ? Des fois t'es relou papa, j'te l'dis.

— Bon, ça suffit comme ça, beugla Sam en se levant. J'en ai marre, j'me casse.

— Si tu sors de ce bus, le menaça Olga, je t'y fais remonter à grands coups de lattes, je te préviens.

— Mais oui, cause toujours, dit-il en ouvrant la porte.

Olga se précipita vers lui.

— Je peux savoir où vous allez comme ça ? lui demanda René en bloquant la sortie avec son fauteuil roulant.

— N'importe où, mais tout seul, laissez-moi passer.

— Non, désolé Sam, je ne peux pas faire ça. Vous mettriez tout le monde en danger et vous en premier. Ils vous mettraient la main dessus en moins d'une heure et vous passeriez un sale quart d'heure, croyez-moi Sam, le dernier de votre vie. Tout sera terminé dans peu de temps, faites-moi confiance. Je vous demande de rester calme encore quelques heures.

— Ça me regarde, s'énerva-t-il, allez, poussez-vous, je ne le dirais pas une troisième fois et je ne voudrais pas frapper un infirme et…

Un bruit d'arc électrique résonna dans l'habitacle et Sam s'effondra comme une poupée de chiffon. Olga eut juste le temps de le rattraper.

— Nanet, hurla-t-elle, viens m'aider.

— Nooon ! s'exclama-t-il, tu as tazé ton frère ? Mais t'es vraiment une grande malade mon amour, rigola Bernard en attrapant les pieds de son beau frère pour le soulever.

— Qu'est-ce que tu voulais que je fasse, que j'le laisse partir dans la nature ? Il allait encore se mettre dans des histoires…

— Waouh, applaudit Jürgen en les regardant passer, trop fort maman, t'as tazé tonton.

— Et vu sa tête, poursuivit Alessandro vous ne l'avez pas raté madame Olga, il ne va pas être content quand il va se réveiller.

— Oui, explosa Olga, j'ai tazé tonton et le prochain qui le redit, je le taze aussi, c'est clair pour tout le monde ?

Sam, parcouru de soubresauts, marmonnait des paroles incompréhensibles. Il leur sembla toutefois entendre très clairement « Olga » ainsi que d'autres mots pas très sympathiques pour sa sœur. Ils le jetèrent sur le lit et retournèrent en sueur vers l'avant. René, aidé par les jeunes, était monté à bord et s'était assis sur la banquette.

— Ce n'était peut-être pas la peine de…

— Vous en voulez un coup vous aussi ? le menaça Olga.

— Non merci, ça ira, répondit René en se retenant de rire.

Bernard pouffa nerveusement, suivi par Jeanne et les jeunes qui ne purent retenir un fou-rire nerveux qui, vu les circonstances, détendit tout le monde.

— Bon ça va, finit par rire Olga à son tour, ça ne va pas le tuer, j'lui ai rendu service alors…

— C'est vrai, vous pouvez même dire que vous lui avez sauvé la vie, mais attention, prévint René, au réveil, il ne va pas être très compréhensif.

— Oui, ben on verra à ce moment-là. En attendant qu'est-ce qu'on fait ?

— Rien, on patiente.

— Il y a eu des morts dans l'explosion ? hésita Bernard.

— Sûrement, dit gravement René en regardant par la fenêtre, mais il fallait leur montrer que moi non plus je ne plaisantais pas. Sinon nous serions déjà morts et Henri aussi.

— On attend quoi exactement ? demanda Ruth qui tripotait nerveusement la main de Jürgen sous le coussin.

— Qu'ils appellent.

— Comment pouvez-vous être certain qu'ils vont vous appeler ? s'étonna Jeanne en sortant de son sac tout le nécessaire pour refaire le pansement de René.

— Parce que c'est comme ça que ça marche Jeanne, qu'ils ont tout à perdre et parce qu'Henri ne leur a encore rien dit.

Et comme si les choses devaient s'enchaîner naturellement le téléphone de René sonna.

— Je croyais que c'était des téléphones intraçables ? s'étonna Bernard.

— Pas pour tout le monde, répondit René avant de prendre la communication. Allez, c'est parti, dit-il simplement en mettant le haut-parleur.

Deuxième round

— Allô ?

— Aaah, ce très cher René, attaqua une voix d'homme sur un ton faussement jovial, cela faisait une éternité.

— Mais c'est ce cher Wilson, répondit René sur le même ton, quelle surprise ! Tu m'as manqué. Tes appels se font trop rares.

— Tu sais ce que c'est, le travail, les obligations, on se dit « faudrait que j'appelle » et puis les jours passent, les semaines, les mois et même les années...Qu'est-ce que tu veux, je suis surbooké comme disent les jeunes aujourd'hui, ah,ah,ah...

— Je te comprends Wilson, on en est tous là, répliqua René en rigolant tout aussi faussement.

Jürgen, Ruth, Alessandro, Olga et Bernard, assis un peu partout dans le camping-car écoutaient, fascinés, cette conversation surréaliste. Même Jeanne avait cessé de soigner René pour écouter ce duel verbal de haut vol où se jouait, mine de rien, leurs vies et celle d'Henri.

— Pourquoi parlent-ils comme ça ? chuchota Alessandro.

— Parce que, si leurs téléphones sont sur écoute, cette conversation n'a pas de sens, dit Bernard en chuchotant un peu trop fort.

— Fermez-la, ordonna Olga en les menaçant.

— Alors, poursuivit Wilson sur le même ton, comment se sont passées tes longues vacances ?

Raconte un peu, tu as vu du pays à ce qu'on m'a dit ?

— On t'a dit vrai.

— Et pendant tout ce temps-là, pas une carte postale, pas une lettre, rien…

— C'est étonnant Wilson, parce que je t'ai écrit plusieurs fois par semaine pour te donner de nos nouvelles, tu n'as jamais rien reçu ?

— Ben non, c'est très étonnant en effet.

— Oh mais tu sais, les services postaux ne sont plus très fiables de nos jours. M'est avis que les lettres se sont perdues.

— Sacré René, toujours le mot pour rire, ah, ah, ah.

Wilson s'étouffa et toussa un bon moment avant de reprendre la conversation.

— Tu fumes toujours à ce que j'entends ? ironisa René.

— Qu'est-ce que tu veux, j'n'ai pas eu la chance de pouvoir arrêter aussi facilement que toi. Tu tiens le coup, ça va ?

— Écoute, j'n'ai pas repris une cigarette depuis cinq ans. Pas mal, hein ? Et sans prise de poids ni manque, ni substitut ni rien d'autre, tu imagines un peu...

— Quelle volonté, bravo !

— Tu te rends compte, poursuivit René sur un ton rêveur, si tout le monde pouvait faire comme moi.

— Ah,ah,ah, non mais quel comique ce René, quel utopiste, quel humaniste.

— À propos d'humanisme, comment va notre ami ? demanda René en changeant de ton.

— Et bien, je dois t'avouer qu'il a des hauts et des bas et qu'en ce moment il serait plutôt en bas. La fatigue sûrement.

— Sûrement, dit René en serrant les dents.

— Mais au fait j'y pense, j'ai croisé des amis à toi ce matin, ricana Wilson. Vous aviez rendez-vous je crois, non ?

René serra l'accoudoir du fauteuil jusqu'à ce que ses phalanges deviennent blanches. Il inspira profondément avant de répondre tranquillement.

— C'est exact Wilson, mais ils n'ont pas pu venir. Apparemment la peste leur est tombée dessus en traître sans prévenir. Ils ont sûrement rejoint quelques amis à toi à ce qu'on m'a dit. N'est-ce pas Wilson ?

— Hélas oui, quatre amis chers à mon cœur ont succombé cet après-midi même dans un malheureux accident domestique, lié au gaz d'après les infos.

— Apparemment le temps est aux funérailles, Wilson.

— Apparemment, René.

— La fameuse loi des séries. Tu sais ce qu'on dit : jamais deux sans trois. Espérons qu'il n'y ait pas une troisième catastrophe.

— Tu as raison René, des êtres chers pourraient subir de plein fouet ces catastrophes et ce serait terrible pour nous tous, n'est-ce pas ?

— C'est exact, mais si cela devait arriver, dis-toi bien que le chagrin te tuerait Wilson, le chagrin ou autre chose, insista René, le visage crispé.

— Mon dieu, mon dieu ! s'emporta joyeusement Wilson, comme nous sommes négatifs. Je t'appelais pour organiser une rencontre où nous pourrions évoquer nos souvenirs et échanger quelques cadeaux puisque ton ami ne veut rien nous dire. Qu'en penses-tu ?

— Pourquoi pas ? Et qu'est-ce qui te ferait plaisir ?

— Une plante verte avec de jolies feuilles violettes et son manuel pour l'entretenir. Qu'est-ce que tu en dis René ?

— Et qu'aurais-je en échange de cet inestimable cadeau Wilson ?

— Et bien, tu pourrais par exemple repartir avec ton ami vivre où vous le souhaitez, bien tranquilles, sans vous cacher.

— Ainsi que tous les amis de mon ami, enchaîna René en regardant son auditoire pendu à ses lèvres.

— Ma foi pourquoi pas ? Si la plante nous convient, je n'y vois aucune objection.

— Et quelles garanties aurais-je ?

— Ma parole de professionnel, s'offusqua faussement Wilson, et puis je crois que tu n'as plus vraiment d'autres choix René.

— Ce soir, 18h00, au centre commercial de La Part-Dieu, trancha René, au jet d'eau central.

— Je suis impatient René. J'espère que tu seras au rendez-vous, j'ai horreur des surprises.

— Pas d'inquiétude, j'y serai.

Il coupa la communication et s'appuya dans son fauteuil, le front trempé. Apparemment René avait une forte fièvre.

— Il va falloir pratiquer le plus rapidement possible une intervention sur votre jambe, dit Jeanne en lui préparant des analgésiques, vous ne tiendrez pas longtemps…

— Je sais, la coupa René, mais nous devons d'abord faire l'échange, nous n'avons plus d'autre choix maintenant.

— Et bien ça, enchaîna Bernard en secouant la tête, les mains sur les hanches, c'était de la conversation, du vrai Humphrey Bogart. J'n'en reviens toujours pas. Quel sang froid ! Vous n'avez pas bégayé une seule fois. Du grand art.

— Ouais grave, poursuivit Jürgen, comme dans les films d'espionnage, c'était trop fort.

— C'est qui Humphrey Bogart ? demanda Alessandro en cherchant sur Google.

— Vous avez des nerfs d'acier m'sieur, le complimenta Ruth qui tenait la main de Jürgen devant tout le monde.

— Merci jeune fille, sourit doucement René.

— T'as peur qu'il se perde ? demanda Bernard en rigolant.

Ruth retira vivement sa main et devint toute rouge.

— T'es vraiment un gros lourdingue, l'engueula Olga en lui frappant le lobe de l'oreille avec son index. Tu ne peux pas les laisser tranquilles ?

— Aïe ! Minou, ça fait super mal, se plaignit-il, arrête !

— Ouais, maman a raison, papa t'es vraiment nul, excuse-le Ruth.

— Ça va, il n'y a pas de problème, se défendit maladroitement la jeune fille.

— Tu as raison ma grande, il n'y a pas de problème, la rassura Olga. C'est ce con de Bernard qui met toujours les pieds dans le plat.

Bernard pouffait en tapant le dos d'Alessandro.

— Toi ! T'as parlé ! l'accusa Jürgen.

— Ben quoi, non, c'est lui qui, non, je…

— Oh ça va, le défendit Bernard, laissez-le tranquille, on a des choses plus importantes à régler.

— Oui d'ailleurs, que va-t-il se passer maintenant ? demanda Jeanne qui venait de terminer le pansement de René.

— Je vais appeler mon contact pour récupérer les graines et les travaux d'Henri.

— Je croyais que la maison d'Henri avait brûlé ? demanda Jürgen qui avait repris la main de Ruth dans la sienne.

— On avait caché tout ça ailleurs, pour plus de sécurité.

— Et qu'est-ce qui les empêchera de tous nous tuer quand ils auront ce qu'ils veulent ? s'inquiéta Olga.

— Rien, dit René. Mais quand Wilson et ses patrons auront ce qu'ils désirent, je pense qu'ils nous laisseront tranquilles. Après tout, si nous racontons une histoire pareille nous passerons pour des conspirateurs comme il y en a des milliers sur Internet. Personne ne nous croira jamais sans preuve. Ils nous feraient enfermer.

— Et vous abandonneriez le rêve de sevrer la planète de la cigarette ? demanda Bernard en ricanant.

— Pour nous sauver la vie, oui, trancha René qui tremblait comme une feuille. Je sais qu'Henri ferait la même chose.

Bernard, mal à l'aise, baissa les yeux. Olga le regarda l'air de dire « Tu ne l'as pas volé ».

René composa un numéro sur son portable.

— Allô, c'est moi

—…

— Oui, tous. Merci, pour le coup de fil sinon nous serions morts.

—…

— C'est pour ça que je t'appelle, dans une heure, là où tu sais, je suis en fauteuil.

—…

— Ouais, blessure à la jambe. Je ne serai donc pas seul, alors pas d'inquiétude.

—…

— Merci

Il coupa la communication.

— Qui c'est ce type ? demanda Olga.

— Toujours ma vieille tante qui prend de mes nouvelles, répondit René.

— Et c'est où ce rendez-vous ? demanda Olga, vexée.

— Devant la cathédrale Saint-Jean, devant la fontaine, juste en face.

— Votre « vieille tante » sait ce qu'il y a dans la mallette ? demanda Bernard.

— Non et elle ne veut pas le savoir. C'est son travail de protéger des informations, des objets, des secrets…

— Vous voulez dire qu'il existe des jobs comme ça ? s'exclama Bernard.

— Il existe des jobs encore bien pires que vous ne pouvez pas imaginer mon cher Bernard.

René avait du mal à respirer.

— Vous n'avez pas l'air très bien ? demanda Olga.

— Ça va aller, je dois récupérer le colis pour l'échange. Aidez-moi à descendre de ce fauteuil, il faut que je prenne des armes dans le coffre.

Il s'accrocha avec difficulté aux accoudoirs pour se redresser. Jeanne l'aida sans rien dire. Une fois sur ses jambes, René resta immobile quelques instants, puis boitilla jusqu'à la porte. Tout le monde se regardait sans trop savoir quoi dire, ni quoi faire.

— Ouvrez s'il vous plaît Olga.

Avant qu'elle n'ait pu actionner la porte, René s'effondra comme une poupée de chiffon aux pieds de Jeanne qui ne put le retenir.

— Mon dieu ! cria-t-elle, venez m'aider, il est tombé dans les pommes. J'en étais sûre, pesta-t-elle, j'ai peur qu'il ne fasse une septicémie.

— Ben merde, s'angoissa Bernard, il ne manquait plus que ça.

Olga prit les pieds de René pendant que Bernard et Jeanne l'attrapaient sous les bras.

— Où est-ce qu'on le met ? demanda Bernard qui soufflait comme un porc.

— Sur le lit, dit Olga.

Ils le déposèrent à côté de Sam qui s'éveilla douloureusement.

— Aaah ! se lamenta-t-il en se tenant la tête, qu'est-ce que tu m'as fait ? Espèce de folle, tu m'as tazé, moi, ton propre frère.

— Oh toi, c'n'est pas le moment de venir nous emmerder hein.

— J'me fais tazer et en plus j'me fais engueuler, c'est trop fort ça.

— Vous voyez, s'emporta Olga en regardant l'assemblée, ça c'est bien mon frère, l'ingratitude en personne. Je sauve la vie à monsieur et monsieur n'est jamais content.

— Aaah, j'ai mal partout, je ne vais plus pouvoir marcher, je…

— La ferme, on est dans la merde là, tu ne vois pas ?

— Qu'est-ce qu'il a encore celui-là ? demanda Sam en apercevant René allongé à côté de lui.

— Il est dans les vapes, dit Bernard, et du coup, on est dedans jusqu'au cou. Alors quand t'auras fini ta sieste, lève-toi et rejoins-nous dans le salon. Toujours en train de roupiller ton frangin, ricana Bernard en filant une claque sur les fesses d'Olga.

— T'as raison mon Nanet, une vrai feignasse, gloussa Olga en quittant la chambre.

— Bande de cons, hurlait Sam du fond du camping-car, je vous hais tous et pour toujours.

— Mais qu'est-ce qu'on va faire maintenant ? demandèrent les jeunes, pas très rassurés.

— On n'a plus le choix, dit Olga en regardant par la fenêtre le ballet des secours qui continuaient d'aller et venir. Il va falloir qu'on fasse l'échange nous-mêmes.

— Quoi ?!! Minou, tu perds la tête, s'affola Bernard, on n'est pas des mercenaires nous. On ne tiendra pas dix secondes face à des types comme ça.

— Je le sais bien Nanet, mais si on ne le fait pas, on ne sera jamais en paix.

Sam arriva en traînant la jambe et se vautra dans le petit canapé en se plaignant et en jetant des regards noirs à sa sœur.

— Alors, est-ce quelqu'un va m'expliquer ce qui se passe ? demanda-t-il, énervé.

Olga lui fit un résumé de la situation.

— Pour une fois, je suis d'accord avec ma sœur, dit Sam. On doit faire cet échange pour rester en vie et éviter de longues heures de torture.

— Et bien, on dirait que ça t'a fait du bien l'électricité, se moqua Bernard. T'as l'air, comment dire, moins con ah,ah,ah !

— Ouais, c'est ça, toi aussi tu devrais te mettre les doigts dans la prise beau-frère, et pas du deux-cent vingt volts, non, du trois cent quatre-vingts minimum, ça devrait te faire du bien aussi.

— Ça suffit ! cria Olga. On va récupérer la mallette et on va faire l'échange.

Elle pianota sur le téléphone de René pour rappeler « sa vieille tante », comme il disait.

— Mince, dit-elle, il y a bien le numéro de ce Wilson mais pas celui de son contact qui doit lui filer la mallette, c'est un numéro masqué, on ne peut donc pas le rappeler. Comment va-t-on faire pour le convaincre de nous la donner ?

— On trouvera bien une fois sur place, dit Bernard, mais pour René on fait quoi, il n'a pas l'air très bien.

— Je m'en occupe, proposa Jeanne. J'ai moi aussi quelques amis dans le milieu médical qui m'en doivent quelques-unes, enfin j'espère.

Elle s'éloigna en sortant son portable.

— Bon, j'y vais avec Bernard, dit Olga. Ensuite on revient ici et on se prépare pour faire l'échange à 18h00 au centre commercial.

— Mauvaise idée, lança Sam en bougonnant.

— Et pourquoi ça monsieur le stratège, spécialiste des opérations commandos ? s'énerva Olga.

— Parce que ces types connaissent nos têtes sœurette, et que s'ils nous filent le train depuis le camping-car jusqu'au contact, non seulement ils récupéreront la mallette mais ils supprimeront Henri, c'est sûr et certain.

— Mais qu'est-ce qui nous prouve qu'ils nous observent et qu'ils vont nous filer le train comme tu dis ? demanda Olga, intriguée.

— Rien justement, mais les mecs ne sont pas des rigolos. C'est comme au casino, tu mises, et soit tu perds, soit tu gagnes. C'est pour cela qu'il faut prévoir des coups d'avance.

— Wouhaaa ! s'écria Jürgen. Tu parles comme René, tonton, la classe.

— C'est le coup de jus, dit Bernard, ça lui a remis les idées en place.

— Et pourquoi feraient-ils une chose pareille ? s'étonna Alessandro. Ils ont dit qu'ils…

— Parce qu'ils feraient d'une pierre deux coups, le coupa Sam. Ils récupèrent les données sans faire d'échange et suppriment le seul homme sur terre capable de reproduire cette molécule en laboratoire. Voilà pourquoi ils feraient une chose pareille jeune boutonneux.

Alessandro, intrigué, se tâta longuement le visage à la recherche d'éventuels boutons mais n'en trouva pas.

— Bordel, jura Bernard, ça me fend de le dire, mais mon beau-frère a raison, si on y va Minou, on se jette direct dans la gueule du loup.

— On va y aller, lança Jürgen en se levant.

— Non, il n'en est pas question, c'est trop dangereux, dit fermement Olga.

— Ils ne nous connaissent pas maman, même s'ils nous filent, nous sommes trois. Nous partirons dans trois directions différentes.

— Je crains que mon neveu ait raison sœurette, ils ne les connaissent pas, c'est notre seule chance de récupérer cette mallette.

— Admettons, répondit Olga, chiffonnée par cette idée. Et ensuite ils reviennent ici ?

— Surtout pas ! dit Sam comme possédé. Trop dangereux, parce que s'ils les suivent de là-bas ils remonteront jusqu'au camping-car et là, terminé pour nous, adios. Non, il faut qu'on se retrouve ailleurs.

— C'est bon, cria Jeanne en revenant dans le petit salon, j'ai un ami, un ancien chirurgien à la retraite qui veut bien m'aider pour René, je l'assisterai pour l'opération.

— Mais où va-t-il l'opérer ? demanda Bernard, intrigué. Les blessures par balle attirent l'attention et les questions dans un hôpital.

— Justement, c'est l'ironie du sort, il a un ami vétérinaire qui lui en devait une également et qui a accepté de lui prêter son bloc sans poser de questions. Il est en route pour nous récupérer.

— Mais le quartier est bloqué, dit Olga, il ne pourra pas arriver jusqu'à nous.

— Je sais, je lui ai donné rendez-vous huit rues plus loin, après les barrages de police. Je vais pousser René dans le chariot jusque là-bas, je vais lui mettre des couvertures que j'ai trouvé dans les placards de la chambre.

— Je vais vous aider Jeanne, proposa Olga. Allons préparer René.

— Une fois qu'ils auront la mallette, s'inquiéta Sam, où est-ce que nous pourrions nous retrouver ?

— J'n'en sais rien, s'affolait Olga tout en soulevant René. Nanet, t'aurais pas une idée toi ?

— Non je… Attends si j'ai peut-être un truc. Attends, deux minutes.

Il dégaina son portable.

— Allô Bébert, c'est Bernard.

—…

— Comment ça, va, vieux machin ?

—…

— Ah,ah,ah, et c'est quand son pot de départ ?

—…

— Tu m'étonnes que je vais venir.

—…

— Non, je ne la connais pas cette blague…

—…

— Vas-y raconte, ah,ah,ah !

— Naneeeet ! hurla Olga de la chambre.

— Holà ! se reprit Bernard. Bon, dis-moi Bébert, j'ai pas trop le temps là, y a ma bourgeoise qui s'impatiente.

— …

— Bon, tu bosses au vieil atelier EDF dans le quartier des Saules ?

—…

— Je peux y passer bricoler deux ou trois trucs, aujourd'hui ?

—…

— T'es sûr ?

— …

— Génial, les clefs sont toujours au même endroit ?

—…

— Et le carburant aussi ? Ah,ah,ah !

—…

— Merci mon Bébert, j'te le revaudrai avec une boite de tisanes, ah,ah,ah !

Sam haussait les épaules, effondré par tant de conneries.

— Alors ? demanda-t-il, sarcastique. Que raconte « Bébert » ?

— Génial, on va pouvoir aller au vieil atelier EDF dans le quartier des Saules, à la sortie de la ville. C'est Bébert qui en est responsable et il n'y a personne jusqu'à demain, on sera peinards. Tu te souviens où c'est Jürgen ?

— Ouais papa, on y allait pour bricoler tes inventions débiles, je sais exactement où c'est.

— Très bien, mais mes inventions ne sont pas débiles, se vexa Bernard.

— Si elles le sont mon amour ! cria Olga en sortant de la chambre. Mais bravo pour l'atelier, t'es un génie. Venez nous aider

Sam et Bernard assistèrent Jeanne pour sortir René, inconscient, du camping-car. Ruth et Jürgen avaient descendu le fauteuil et observaient discrètement les alentours pour voir si personne ne les espionnait.

— Ça a l'air d'être calme, dit Sam, bonne chance Jeanne, soyez prudente.

— Bernard, viens avec moi, on l'accompagne, dit Olga en tenant fermement Pupuce par la laisse. Ensuite on prendra un taxi pour aller à l'atelier. J'en ai appelé un pour toi, Sam, il sera là dans une minute.

— Bien, vous vous souvenez de ce que vous devez dire au contact de René pour récupérer la mallette ? demanda Bernard, inquiet aux trois jeunes.

— Oui m'sieur, on se souvient de tout lui, assura Alessandro, ne vous faites pas de souci, on va le convaincre de nous donner cette mallette.

— Dépêchez-vous, dit Jürgen en tenant Ruth par la main, le bus arrive, on va le rater. On se retrouve à l'atelier, salut.

— Soyez extrêmement prudents, leur martela Olga.

— T'inquiète m'man, tu nous connais ?

— C'est bien ça qui me fait peur. Tiens, prends ça pour retourner à l'atelier en taxi, dit-elle en lui tendant des billets.

— Ne vous inquiétez pas madame Olga, la rassura mielleusement Alessandro, prudent c'est mon deuxième prénom et je vous garantis que…

— Allez, barrez-vous vite, ordonna Bernard en lui filant une taloche derrière la tête. Non mais quel fayot ce gamin, incroyable !

— Aller ! rugirent les trois jeunes en levant le poing. Pour René, pour nous, c'est parti pour l'opération R8.

Les trois jeunes coururent prendre le bus qui les emmènerait dans le centre de Lyon.

— Il faut nous dépêcher, les pressa Jeanne, René ne tiendra plus très longtemps.

Olga avait attaché Pupuce au fauteuil roulant, comme un chien de traîneau, et elle tirait déjà comme une forcenée, toute contente d'aider sa maîtresse.

— Bernard, nom de Dieu, chuchota Olga, qu'est-ce que tu fabriques dans ce coffre, viens, on doit partir.

— Rien Minou, je prends quelques trucs, je vous rejoins, allez-y.

— J'espère que tu n'as pas pris d'armes ? Je ne veux plus que tu en touches, d'accord ?

— T'inquiète Minou, j'ai une petite idée derrière la tête, mais plus de pistolets, promis.

Ironie du sort, les hommes du consortium qui avaient fini par retrouver le camping-car, arrivèrent trois minutes trop tard. Tout ça parce qu'un tueur s'était arrêté acheter des cigarettes et que la femme devant lui avait décidé de payer par chèque, ce qui prit un temps impossible. Sans ce paquet de cigarettes et ce moyen de paiement archaïque qu'est le chèque, Bernard, Olga et tous les autres se seraient faits prendre comme des lapins dans un collet.

Sam monta dans son taxi et tous disparurent dans une direction différente, abandonnant le camping-car qui fit, durant plusieurs jours, le bonheur de quelques sdf chanceux et celui de deux gardiens de la paix qui, après avoir expulsé les squatteurs, découvrirent dans les soutes du véhicule une véritable artillerie lourde. Ils reçurent une promotion et une belle médaille.

Huit rues plus loin, un monospace noir attendait, les feux clignotant.

— C'est lui, dit Jeanne en montrant le véhicule.

Ils s'approchèrent doucement. Un homme en costume gris sortit du véhicule.

— Bonjour Jeanne, dit-il simplement.

— Bonjour Antoine, merci de m'aider.

— Ce n'est rien, je te le devais, allons-y.

— Je te présente mes amis, dit-elle en montrant Bernard et Olga.

— Messieurs dames, dit l'homme, fasciné par Pupuce.

— Merci beaucoup monsieur, dit Bernard en lui serrant chaleureusement la main.

— Jeanne est une amie.

— Allez, mettons-le à l'arrière, les pressa Jeanne. Je vous appelle dès que l'intervention est terminée Olga. Soyez prudents de votre côté.

— Ne vous inquiétez pas Jeanne, nous ferons le maximum avec le minimum de risques.

Les deux femmes se serrèrent chaleureusement dans les bras.

— Il faut partir maintenant, dit l'homme en tournant la tête dans tous les sens, votre ami n'a pas l'air bien du tout.

Il démarra et disparut à toute allure. Bernard et Olga sautèrent dans un taxi qui accepta Pupuce et filèrent vers l'atelier EDF.

Par ici la mallette

La place Saint-Jean était bondée de lyonnais plus ou moins pressés, ou de badauds profitant du soleil en se prélassant sur les terrasses des cafés. Des centaines de touristes bruyants entraient et sortaient de la cathédrale, se faisant photographier devant celle-ci par d'autres touristes tout aussi bruyants. Des sans abris, faisant la quête partageant les marches du monument avec des groupes de jeunes qui squattaient là pour fumer, rire, s'amuser, se disputer, se battre, se réconcilier, draguer….

Et juste en face de la cathédrale Saint-Jean, la fameuse fontaine représentant un petit temple où devait avoir lieu la remise de la mallette par le contact de René. Postés à chaque coin de la place, les jeunes avaient remis leurs oreillettes pour communiquer facilement entre eux.

— Jürgen, tu vois quelque chose ? demanda Ruth qui se trouvait à l'angle de la rue Saint-Jean et de la place ?

— Non, rien qui ne corresponde à ce que nous a dit mon père, répondit Jürgen qui se trouvait à l'autre bout de la place, juste en face d'elle.

— Et toi Alessandro, tu vois un type qui pourrait correspondre ?

Alessandro était carrément assis sur les marches de la fontaine.

— Ben, pareil que vous les amis, je ne vois rien de spécial. On ne sait même pas la gueule qu'il a.

J'ai beau regarder un peu partout, je n'vois rien. Il n'y a que des cons de touristes avec leur Ipad.

— Ouais, en plus tout le monde a un sac ou une mallette, c'est la misère.

Ruth regarda sa montre.

— Il est déjà 13h00 et le rendez-vous est à 18h00, j'espère qu'il va se pointer… Hé, foutez-moi la paix bande de connards ! cria-t-elle dans le micro.

— Qu'est-ce qui se passe Ruth ? demanda Jürgen, affolé.

Il l'entendait s'énerver mais elle ne lui répondait pas.

— Qu'est-ce qu'il se passe Jürgen ? dit Alessandro.

— J'en sais rien, je vais voir, mais toi tu ne bouges pas, ok ?

— Ok, fais gaffe quand même.

— T'inquiète. Ruth, tu m'entends ? demanda Jürgen en longeant la cathédrale.

Il l'entendait crier dans l'oreillette mais elle ne répondait pas. Arrivé au milieu de l'esplanade, il vit ce qu'il se passait. Une bande de mecs entourait Ruth et la poussaient doucement dans la rue St Etienne, vers le petit square, pour être plus tranquilles. Malgré ses protestations de plus en plus fortes, personne ne lui portait secours.

— Laissez-moi tranquille, bande de connards ! hurlait-elle.

— Allez ma poulette, fais pas ta timide, montre nous un peu tes nibards, mes potes et moi on va leur filer des notes.

— Le premier qui me touche est un homme mort, les prévint Ruth qui avait changé de visage.

— Mais c'est qu'elle mordrait dis donc, ricanèrent les types en continuant de la pousser.

— Vous avez entendu ce qu'elle a dit, bande de trous du cul ? les menaça Jürgen.

Toute la bande fit volte face.

— Mais regardez ça, c'est le prince charmant en personne qui vient sauver sa belle, fanfaronna celui qui devait être le chef.

— Non mon pote, je suis ton pire cauchemar, sourit Jürgen en lui balançant un solide coup de pied dans les parties. Mais si tu veux m'appeler prince, ça me va.

Le chef du groupe tomba à genoux, le souffle coupé. Ruth en profita pour sortir de son sac un pulvérisateur contenant un composé chimique de leur fabrication et en aspergea copieusement le groupe de types.

— C'est le fameux X-456 ? demanda Jürgen en esquivant le coup de pied d'un membre de la meute.

— C'est exact mon Youyou, roucoula Ruth en aspergeant un membre du groupe qui passait devant elle, je ne l'avais pas encore testé sur des humains. Maintenant c'est fait, rigola-t-elle.

— Comme on dit, c'est l'occasion qui fait le larron, répondit Jürgen en filant un solide coup de tête qui l'étourdit tout autant que son adversaire qui tomba le nez en sang.

— Au fait, merci d'être venu aussi vite, gloussa Ruth en aspergeant un peu tous ceux qui passaient à sa portée.

— Tout le plaisir est pour moi, répondit Jürgen en filant des coups de pied à un autre type.

Il s'était créé autour d'eux un attroupement qui n'allait pas tarder à attirer la police. Debout sur les marches de la fontaine pour mieux voir, Alessandro tentait d'apercevoir ce qui se passait. Il avait beau crier dans son micro, personne ne lui répondait. Il allait quitter la fontaine pour porter secours à ses amis lorsqu'une vieille dame avec un horrible caniche puant l'interrompit dans son élan.

— Excusez-moi jeune homme, pourriez-vous m'aider s'il vous plaît ? demanda la vielle dame avec un grand sourire.

— Comment ? Désolé madame j'n'ai pas le temps, je suis occupé, mes amis sont dans la mouise là-bas et je dois aller les aider, alors désolé.

— C'est bien toi Alessandro ? demanda la vieille femme, toujours avec un grand sourire.

— Oui, c'est moi, mais j'n'ai pas...Attendez, réalisa le jeune homme stupéfait, comment vous connaissez mon nom ? Vous faites partie du consortium ? Vous allez me tuer ?

Il se mit à courir pour fuir mais la vieille dame tendit la laisse de son horrible caniche et Alessandro se prit les pieds dedans et s'étala comme une crêpe sur le pavé. Plus loin, on entendait la bagarre et les cris des jeunes qui les encourageaient ou les sifflaient.

— Tu vas te calmer oui ? dit la vielle dame en lui filant un méchant coup de parapluie sur la tête.

— Aïe, non mais ça ne va pas ? cria Alessandro en s'asseyant à même le sol. Vous êtes qui ?

— Appelle-moi tata Suzanne. Allez, relève-toi fiston et va t'asseoir sur les marches de cette foutue fontaine, jura la vieille dame.

— Mince, c'est vous le contact de René, s'étonna Alessandro en se frottant la tête.

— Évidemment, j'suis pas sa femme, j'ai quatre-vingts piges lardon. T'es pas un futé toi.

— Mais vous êtes quoi, un agent secret madame ? s'étonna Alessandro.

— Si on te l'demande moucheron, tu diras que t'en sais rien.

— Et comment vous avez su que c'était nous qui devions récupérer le colis ?

— Toi et tes petits copains, qui sont en train de se battre, êtes aussi discrets qu'un éléphant dans un magasin de porcelaine et vous avez de la peau de saucisson devant les yeux.

— Quoi, mais qu'est-ce que vous racontez, je comprends que dalle.

— C'est normal, t'es pas un futé. Pendant que vous attendiez ce fameux contact autour de la place, je vous ai tous rendu une petite visite et je vous ai piqué vos portefeuilles. Vous n'avez vu que dalle, rigola grassement tatie Suzanne. Tiens, tu leur rendras, dit-elle en crachant par terre.

— Ben merde alors ! s'étonna Alessandro en récupérant son portefeuille.

Il reçut un autre coup de parapluie sur la tête.

— Ne jure pas bordel, t'es trop jeune pour ça.

— Hé, ça va pas non ? Comment vous saviez que c'était nous ? demanda Alessandro en protégeant sa tête.

— Juste après qu'on ait parlé au téléphone tout à l'heure, René m'a envoyé une photo de chacun d'entre vous sur mon smartphone avec des instructions bien précises, juste au cas où. Et visiblement il a bien fait, sinon tu ne m'aurais jamais trouvée lardon.

— Une photo, des instructions ? Mais on a rien vu, s'étonna Alessandro.

— Qu'est-ce que tu veux que je te dise, vous n'êtes pas bien intelligents c'est tout, ricana la vieille dame. Bon, trêve de plaisanteries boutonneux, comme René n'est pas là, j'en déduis qu'il a des soucis.

— Ouais m'dame, il est tombé dans les vapes et il est parti se faire opérer chez un véto j'crois, sinon il y restait. Mais ? s'étonna Alessandro, vous avez un smartphone madame ?

Pour toute réponse il reçut un autre coup de parapluie qu'il réussit toutefois à parer avec son bras. La vieille dame lui tendit un sac à dos noir.

— Prends ça et cassez-vous de là, toi, et tes potes, ordonna la vieille dame.

— Quoi ? se scandalisa Alessandro. Comme ça, il n'est même pas relié à votre bras par une chaîne et des menottes ?

— T'en veux un autre ? répondit la mamie en levant son parapluie en l'air. Allez, dégage de là. Regarde, les flics arrivent, ils vont chopper tes potes. Dépêche-toi, bon sang.

— Merci m'dame, dit simplement Alessandro en enfilant le sac à dos et en courant à toutes jambes vers ses amis de l'autre côté de la place.

— Et soyez prudents ce soir, dit-elle en le regardant traverser la place. Pffff, ils n'ont pas la moindre chance, grommela-t-elle avant de partir tranquillement avec son horrible caniche en crachant par terre. Allez viens Raymond, on se barre.

Les effets du X-456, composé par Ruth et ses amis dans leur laboratoire clandestin étaient des plus terribles. Les pauvres agresseurs qui en avaient reçu une dose se vidaient au sens propre par tous les orifices sous les yeux stupéfaits et horrifiés des badauds qui se bouchaient le nez et détournaient le regard.

— Aaah ! Mais quelle horreur ! dit Alessandro en se pinçant le nez tout en se frayant un chemin parmi la foule agglutinée autour du massacre. Tu as testé le X-456 ? demanda le jeune homme à Ruth, qui, on doit le préciser, avait les cheveux en bataille et les vêtements tout débraillés.

— Un peu mon neveu, rigola-elle, surexcitée par la bagarre. Il fallait pas me chercher.

— Et alors ? demanda Alessandro en observant la scène. Quels sont les résultats de nos travaux ?

— Une boucherie mais une grande réussite, rigola Jürgen qui saignait de l'arcade sourcilière et dont la chemise en lambeaux pendait de tous les côtés.

— Vite, magnez-vous ! les pressa Alessandro. Les flics arrivent, ils vont vous choper, et on va en avoir pour des heures et on ne sera jamais à l'heure pour le rendez-vous. Il faut qu'on se taille d'ici.

— Oui mais la mallette ? demanda Ruth qui remettait un peu d'ordre dans ses cheveux.

— Je l'ai, dit fièrement Alessandro en montrant le sac à dos.

— C'est dans ce sac, c'était qui le contact, et comment t'as fait ?

— Plus tard, allez, vite, on se taille.

On entendait déjà les sifflets de la police qui commençait à disperser l'attroupement. Jürgen prit la main de Ruth et l'entraîna à la suite d'Alessandro, qui filait déjà à toutes jambes dans la rue Mandelot pour tourner ensuite à droite sur la rue de la Bombarde et filer jusqu'au quai Romain Rolland où il y avait toujours des taxis qui attendaient le client devant le célèbre bureau de tabac connu de tous les Lyonnais.

Effectivement, trois taxis attendaient là. Alessandro, qui visiblement avait pris la tête de cette opération, observa les chauffeurs avec attention. Il choisit un quadragénaire avec une tête peu sympathique qui n'avait pas l'air d'avoir envie de tailler une bavette.

— Ruth, essuie-lui le sang qu'il a sur le visage et qu'il garde un mouchoir posé dessus en appuyant fortement.

Alessandro enleva sa veste et retira son t-shirt qu'il tendit à Jürgen.

— Retire-moi cette chemise et enfile ça, vite.

Alessandro remit rapidement sa veste pour ne pas rester torse nu au milieu de la rue et s'avança vers le taxi en question. On entendait déjà des policiers, renseignés par les témoins, courir après eux pour avoir quelques explications concernant l'état dans lequel se trouvaient les victimes.

— Bonjour ! lança joyeusement Alessandro au chauffeur en lui tendant un papier. On aurait voulu aller à cette adresse s'il vous plaît.

L'homme lui arracha le papier des mains mais, intrigué par les cris, passa la tête par la fenêtre.

— Qu'est-ce qui se passe encore ? demanda-t-il sur le ton de la rhétorique.

— Je crois qu'il y a eu une bagarre vers la cathédrale, rien de bien méchant, ils courent après des types, j'imagine.

— Ouais bon, râla le chauffeur en lisant le papier. Pfffff, souffla-t-il, c'est à l'autre bout de la ville votre adresse là, pfffff. Vous avez de quoi payer au moins, parce qu'avec les jeunes maintenant je me méfie.

Jürgen sortit les billets et les montra au chauffeur.

— Hum ouais, c'est bon, montez. Pfffff, on va encore se taper les bouchons, se plaignit-il en regardant sa montre.

— Merci monsieur.

Ils grimpèrent dans la voiture qui démarra juste avant que deux policiers à bout de souffle n'arrivent devant la file de taxis en cherchant du regard où pouvait bien avoir filé ces trois jeunes.

— Ouf, c'était moins une, chuchota Alessandro en regardant par la vitre arrière.

— Alors ? demanda Ruth, intriguée. Raconte un peu.

— Plus tard, fit-il discrètement en montrant le chauffeur.

Ils ne parlèrent pas jusqu'à destination.

Olga, qui avait reçu un texto de Jürgen l'avertissant qu'ils avaient le colis et qu'ils arrivaient, attendait, impatiente, sur le pas de la porte de l'atelier. Ils arrivèrent à pied par la route.

— Mais pourquoi n'êtes-vous pas venus ici avec le taxi ? demanda-t-elle, surprise.

— J'ai demandé qu'il nous dépose à un kilomètre, répondit Alessandro.

— Et pourquoi ça ?

— Parce que si le chauffeur de taxi se faisait questionner par les tueurs, il n'aurait pas pu les amener jusque là, expliqua Alessandro, fier de lui.

Olga, qui n'avait pas encore vu la tête de Ruth et de Jürgen, poussa un cri d'effroi.

— Mais qu'est-ce qui s'est passé ? Bernard, hurla-t-elle, ramène-toi par ici, les jeunes sont blessés.

— Maman, c'n'est rien, la rassura Jürgen, on va vous expliquer.

Bernard et Sam déboulèrent comme des TGV.

— Qui est blessé ? hurla Bernard.

— Ton fils, regarde-le.

Bernard reprit son souffle et souleva le mouchoir que Jürgen avait sur l'arcade.

— Mais c'n'est rien Minou, rigola Bernard. T'as mis des coups de boules fiston ?

— Allez, entrez vite, les pressa Olga en refermant la porte de l'atelier.

— Vous avez le colis ? demanda Sam.

— Il est là, dit Alessandro en tapotant son sac à dos.

— Bravo les gamins, les félicita Bernard, on n'a jamais douté de vous. Je suis très fier et justement ça me rappelle une anecdote…

— La ferme Nanet, le coupa Olga, laisse-les raconter ce qui s'est passé là-bas.

— C'était énorme ! s'excita Ruth. Jürgen m'a défendue et on s'est battu avec une bande de connards, un truc de fou.

Elle se jeta sur Jürgen et l'embrassa à pleine bouche devant tout le monde. Sam qui n'était pas au courant, fut stupéfait.

— Et ben les choses ont changé on dirait. J'te l'avais dit qu'elle était dingue de toi ! s'exclama-t-il.

— Bon, quand vous aurez fini de vous laver les dents, ricana Bernard, vous nous expliquerez un peu ce qui s'est passé place Saint-Jean.

— Nanet, t'es super lourd, l'engueula Olga en lui filant un coup de poing dans l'épaule.

Ruth, rouge comme une pivoine, se détacha de Jürgen et chacun raconta son histoire.

— Ahahah ce vieux renard de René avait même prévu ça, dit Sam admiratif, tu parles d'un enfoiré le papy.

— Allez, plus de temps à perdre, passe-moi ce sac, ordonna Bernard.

Il l'ouvrit et étala le contenu sur un établi pour le transférer dans une mallette noire vide. Il y avait une petite boîte en bois sculpté dans laquelle se trouvait une demi-douzaine de graines noires, un petit sachet contenant une feuille violette sèche et un épais dossier avec des dizaines de feuilles, de notes, de croquis, de chiffres, de formules incompréhensibles…

— Parfait, dit Bernard, on va mettre tout ça dans cette mallette.

— Attends, le stoppa Sam en saisissant le petit sachet en plastique.

— Qu'est-ce que tu fais Sam ? Remet ça là immédiatement, s'affola Olga.

— J'y ai droit, dit-il nerveux, René me l'avait promis. Une fois que nous aurons fait l'échange je n'aurais plus jamais l'occasion d'en avoir.

— Mais tu ne peux pas faire ça Sam, on ne sait rien sur cette plante, s'inquiéta Olga.

— Elle a raison, tenta de le raisonner Bernard, ça pourrait être dangereux.

— Si, on le sait, argumenta Sam en ouvrant le petit sachet. René n'a jamais refumé et il n'en est pas mort à ce que je sache.

Il sortit la feuille violette du sachet, la réduisit en poudre et l'avala. Il courut boire une grande rasade d'eau au robinet pour faire passer le tout.

— Et voilà, dit-il calmement en retournant s'asseoir autour de l'établi, maintenant j'en ai terminé avec la cigarette, poursuivons.

— T'es malade, s'énerva Bernard, si ce Wilson de malheur voulait la feuille, on lui dira de t'arracher l'estomac, c'est ça ?

— Détends-toi Nanet, ça va aller.

Bernard déposa la boîte contenant les graines et le gros dossier dans la mallette.

— Mais pourquoi on ne le laisse pas dans le sac ? questionna Jürgen perplexe.

— Demande à ton père, s'énerva Olga, moi je ne voulais pas, mais ton oncle a voté pour, alors je n'ai rien pu dire.

— Vas-y papa, tu racontes ?

Alessandro et Ruth s'étaient rapprochés de l'établi pour écouter.

— J'ai piégé la mallette, annonça-t-il fièrement.

— Quoi, comment ça piégé ? s'étouffa Jürgen.

— J'ai mis une charge de plastic que René avait dans son sac à malice. Je l'ai prise dans le sac avant de partir du camping-car tout à l'heure.

— C'n'est pas dangereux ça m'sieur ? s'inquiéta Alessandro.

— D'après lui non, râla Olga, mais moi j'en doute.

— Pourquoi vous avez fait ça m'sieur ? l'interrogea Ruth.

— Pour avoir un moyen de pression, ma petite.

Olga secouait la tête.

— Bon, imaginons que ce cher Wilson refuse de nous rendre Henri et qu'il veuille en plus garder la mallette, et bien je lui explique que si je téléphone à la mallette, le voyant bleu qui se trouve ici s'allume et que cinq secondes plus tard BOOM ! cria-t-il en faisant peur à tout le monde.

— Ouais c'est ça, BOOM, répéta Olga, et nous avec gros malin.

— Pas du tout ma douce, on attendra qu'il soit en terrain dégagé.

— Et vous êtes sûr de votre système monsieur ? s'inquiéta à nouveau Alessandro ?

— Aussi sûr que deux et deux font quatre.

— Même si je suis d'accord avec toi beau-frère, dit Sam, je te rappelle que ta dernière invention, le sécateur à volaille, a failli nous couper en petits morceaux.

— Pas de risques, les rassura Bernard avec un grand sourire, les infos que contient cette mallette sont trop importantes, personne n'a envie de faire sauter une mine d'or. Rassurez-vous, c'est juste un moyen de pression.

— En parlant de Wilson, dit Olga, il faut le prévenir que René ne sera pas là, mais que nous allons malgré tout procéder à l'échange.

Elle sortit un papier de sa poche et le tendit à Bernard.

— J'ai noté son numéro tout à l'heure dans le camping-car, tenez, qui veut le faire ?

— Moi je n'ai pas le temps, s'excusa Bernard, je dois terminer mon installation et tout vérifier si on ne veut pas de catastrophes.

— Bon, Sam, demanda-t-elle agacée, appelle-le.

— Quoi ? Moi ? Non, je ne sais pas ce qu'il s'est dit la dernière fois, je n'étais pas là. J'étais où déjà ? Ah oui, j'étais dans les vapes, tazé par ma propre sœur, la traître…

— Ok les hommes, j'ai compris, c'est moi qui vais le faire. Heureusement que vous avez des femmes, parce que je ne vois pas trop ce que vous feriez sans nous, s'énerva Olga en pianotant nerveusement sur le clavier du portable.

— Plus d'apéros sûrement, pouffa Bernard, le nez dans sa mallette.

Sam s'en alla rire plus loin.

— Ouais c'est ça, riez bande d'incapables. Chut, ça sonne, fermez-la. Elle mit le haut parleur.

— J'espère que tu ne vas pas me faire faux bon, attaqua Wilson, je serai très fâché René.

— Euh, non, le rendez-vous tient toujours.

Le ton de la voix changea.

— Si vous n'êtes pas René j'en déduis donc que vous êtes les fameux voisins, dit-il sur un ton très dévalorisant.

— Tout juste Auguste, répondit Olga du tac au tac. On est les voisins et on fera l'échange comme prévu mais sans René qui ne viendra pas, il s'excuse, ricana nerveusement Olga.

— Du moment que vous avez mon petit cadeau, dit Wilson, j'n'y vois aucun inconvénient.

— On a votre satané cadeau, cracha Olga avec mépris, et de votre côté n'oubliez pas non plus mon cadeau et je ne le veux pas cassé.

— Mais voyez-vous ça, ricana Wilson, c'est que ça deviendrait menaçant ça madame.

— Ouais c'est ça, fais le malin au téléphone tête de fion, parce que si jamais je te chope mon bonhomme, je te jure que tu vas le regretter. Tu n'as jamais dû te prendre une raclée par une femme. Je serai la première.

Olga était devenue rouge comme l'enfer.

— J'avais pourtant donné l'ordre de vous tuer, cracha Wilson, haineux. Dommage qu'il vous ait ratés. Ça m'aurait évité ce genre de conversations stériles avec des débiles de votre espèce.

— Débiles ! T'as intérêt de courir quand tu me verras, parce que je vais te mettre une dérouillée que tu n'es pas prêt d'oublier tête de fion.

— Fermez-la, espèce de rombière, hurlait Wilson, hystérique dans le téléphone. Vous m'indisposez, vous me donnez des nausées. Amenez-moi ce que je veux à l'heure et à l'endroit convenu, sinon…

— Sinon quoi, espèce de connard ? hurlait Olga, tout aussi hystérique que lui.

— Sinon, je tuerai votre très cher ami Henri Baratté de mes propres mains, comme j'ai fait exécuter les hommes de René, cria-t-il en raccrochant.

— Non mais quel con souffla Olga en nage. Je te jure que si j'l'attrape…

— Bravo maman, la félicita Jürgen, tu n'as pas flanché, tu l'as rendu guedin le type.

— C'est vrai m'dame, dit Alessandro, il était au bout du bout le Wilson. Sur les nerfs le gars.

— Ne sous-estimez jamais le pouvoir d'une femme bande d'incapables, sourit Olga en jetant un regard complice à Ruth.

— Alors là, sœurette, applaudit Sam, je dois avouer que tu faisais peur à voir.

— Ouais Minou, y a pas à dire, c'est toi le boss, conclut Bernard en refermant la mallette avec précaution. Mais tu l'as bien chauffé avant l'échange, espérons que tout fonctionne comme prévu. Bon, dit-il en regardant la mallette, un seul coup de téléphone et hop.

— Justement, dit Olga en se calmant, il nous reste environ deux heures pour mettre au point un plan d'action. Quelqu'un a une idée ?

— Peut-être, répondit Sam. Ecoutez.

Dernier round

Un camion bleu des urgences EDF, toutes sirènes hurlantes et gyrophare allumé, déposa le petit groupe devant l'une des entrées du centre commercial à 17h30.

— Merci Bébert, dit Bernard en serrant la main du chauffeur, sans ton aide nous ne serions jamais arrivés à temps. À tout à l'heure.

— Pas de souci Nanet, c'est avec plaisir. Je vous attends ici, je ne bouge pas. Tu y vas au pot de départ de Jojo ?

— Bien évidemment. Allez ma poule, à tout de suite.

— Encore un pot de départ ! s'esclaffa Olga. Vous êtes vraiment une bande de pochtrons toi et tes potes.

— On ne boit pas Minou, on fête les départs, ce n'est pas la même chose.

Pupuce, qui sentait qu'il se passait quelque chose d'important, s'agitait nerveusement. Pour tenir la bête en laisse, Bernard lui avait fabriqué un solide harnais fait de sangles qui traînaient dans l'atelier.

— Bon, tout le monde sait ce qu'il a à faire ? demanda nerveusement Sam. Alors branchez vos écouteurs et terminons-en une bonne fois pour toute avec cette affaire.

Une foule dense se précipitait dans le centre commercial et des dizaines de camions de télévision et de voitures de presse étaient garés un peu partout.

— Mais enfin, qu'est-ce qu'il se passe ici ? demanda Bernard en regardant des groupes de gens se bousculer pour entrer dans le centre commercial.

— Regardez, cria Jürgen en leur montrant une grande affiche collée sur la façade. C'est le jour de l'avant-première du dernier film de Rooney Malone « Les héros meurent sûrement mais lentement ».

— C'n'est pas de chance, râla Bernard, c'est blindé de monde là-dedans.

Des gens avec des badges autour du cou couraient dans tous les sens, des talkies à la main. La rue était en passe d'être fermée car une mise en scène à la française, en rapport avec le film de la star, avait été organisée pour lui faire une arrivée plus « hollywoodienne ». Des comédiens de troisième division, déguisés en agents secrets d'opérette, équipés d'oreillettes factices et de lunettes noires, montaient la garde devant le centre commercial. Ils mimaient Dieu sait quelle procédure de protection rapprochée. Cette mise en scène boiteuse rajoutait un peu plus de folie à l'ensemble du centre commercial déjà bien animé.

— Mais qui c'est, Rooney Malone ? demanda naïvement Bernard.

— C'est le type le plus sexy de la terre, gloussa Olga en papillonnant des paupières.

— Ouais, ben il sera ici à 18h00 précise, indiqua Alessandro. La même heure que nous, ça va être pratique tiens !

— Le plus sexy…s'agaça Bernard, de toute façon ils sont tous drogués.

— Tu ne serais pas un peu jaloux mon Minou ? se moqua gentiment Olga en lui pinçant les fesses.

— Pas du tout, se vexa-t-il en faisant semblant d'observer les portes d'entrée.

— Pffff, on n'avait pas besoin de ça, râla Sam, ça va grouiller d'agents de sécurité là-dedans.

— Bon, on n'a pas le choix, ordonna Olga, c'est parti pour la dernière phase de l'opération R8, comme vous dites les jeunes.

Ils se firent bousculer par une équipe de journalistes pressés, suivis de près par des caméramans en sueur, trimbalant du matériel vidéo, mais ils finirent par entrer. La folie s'était également invitée à l'intérieur du centre commercial. Les services de sécurité avaient installé des centaines de barrières dans les allées principales pour canaliser la foule de fans et de badauds de plus en plus nombreuse.

Une bande organisée de pickpockets, flairant les bonnes affaires, s'était fait durement interpeller par la police, débordée et légèrement sur les nerfs. À chaque niveau et à chaque intersection, de vrais agents de sécurité, équipés de vraies oreillettes, montaient la garde.

— Et ben, ça va être pratique, continua de râler Sam.

— On va prendre nos positions, dit Jürgen en entraînant Ruth par la main. Alessandro, amène-toi.

— Soyez extrêmement prudents, cria Olga pour couvrir le vacarme qui régnait.

Mais déjà les trois jeunes se frayaient un passage dans la foule et disparaissaient aux yeux d'Olga. Elle regarda sa montre. 17h45.

— Allez, il faut avancer vers la fontaine, dit-elle, nerveuse.

Bernard se cramponnait à la mallette.

— Madame, s'il vous plaît, la stoppa un agent de sécurité plutôt imposant.

— Qu'est-ce que vous me voulez, je suis pressée ?

— Les chiens, ou je ne sais pas trop quoi là, ne sont pas admis dans le centre commercial, dit-il fermement en montrant Pupuce du doigt.

— Ah oui, et depuis quand ?

— Depuis toujours madame, je vais vous demander de bien vouloir sortir s'il vous plaît.

— Je dois absolument me rendre au jet d'eau, je dois retrouver quelqu'un et après je sors, je vous le jure, supplia Olga.

— Désolé madame, dit le vigile en posant sa main sur le bras d'Olga, veuillez sortir.

— Retirez immédiatement votre main de mon bras et vite.

— Allez, suivez-moi, insista le vigile.

— Ça va, je sors mais enlevez votre main…

Pupuce, qui sentit la voix de sa maîtresse changer, retroussa les babines et laissa apparaître une rangée de dents assez impressionnantes. Instinctivement le vigile retira sa main.

— Je vais devoir appeler la police madame, dit le vigile en prenant son talkie.

— Ça va, c'est bon, se radoucit Olga en faisant demi-tour, je sors, je m'en vais, allez, viens Pupuce.

Bernard et Sam, qui avaient observé la scène à distance, lui parlèrent dans l'oreillette.

— Ah la poisse, jura Bernard, ça commence bien, tiens. Qu'est-ce qu'on fait Minou ?

— Vous allez à la fontaine, moi je vais passer par le parking sud. On ne change rien, on fonce.

L'échange devait avoir lieu au niveau zéro, autour de la fontaine, au milieu du centre commercial, mais des centaines de personnes s'étaient agglutinées ici aussi. Jürgen, Ruth et Alessandro avaient pour mission de se poster au premier étage, juste au-dessus de la fontaine, pour observer d'en haut et informer Olga, Bernard et Sam de ce qui se passait en bas. Il avait été également convenu qu'Olga apporterait la mallette à Wilson pendant que Bernard repartirait avec Henri, mais les rôles venaient de changer.

— Allô Minou ? Tu me reçois, Minou ? demanda Bernard.

— Elle doit être dans les parkings, dit Alessandro, ça ne doit pas passer.

— Ah la poisse, pesta Bernard, bon je vais apporter cette satanée mallette moi-même. Et toi Sam, tu récupères Henri et on se taille vite fait, ok ?

— Ouais, ouais, je le sens pas du tout, mais ok, on y va.

— Vous voyez quelque chose de là-haut ? leur demanda Bernard.

Postés autour de la rambarde, les trois jeunes scrutaient la foule dense avec attention. On aurait dit l'intérieur d'une fourmilière, des centaines de personnes allaient et venaient sans but apparemment précis.

— Non, pour l'instant je ne vois pas ce qu'on cherche, dit Jürgen, appuyé nonchalamment sur la barrière.

— Moi non plus, dit Alessandro qui venait de repérer une bande de jolies filles, fans de l'acteur, qui se dirigeait vers le cinéma.

— Je te vois Alessandro, l'enguirlanda Ruth, c'est en bas qu'il faut regarder, pas les miches des filles.

— Ben quoi…

— Tu feras ça plus tard, conclut-elle.

— Ça y est, hurla Jürgen dans son micro, je vois Henri, là, juste en bas près du poteau vers l'escalier, regardez.

Assis dans un fauteuil roulant, Henri Baratté avait un chapeau sur la tête et une grande écharpe autour du cou. D'après ce que Jürgen pouvait voir, Henri avait du mal à rester éveillé et sa tête dodelinait sans cesse.

— Il n'a pas l'air bien en forme, tiqua Bernard qui venait de le repérer également.

— Et le Wilson, vous voyez qui ça peut être ? demanda Sam dont le cœur battait à deux cents à l'heure.

— Ça ne peut être que ce type-là, affirma Ruth en regardant à travers des petites jumelles qu'elle avait trouvées dans l'atelier, il a vraiment une sale gueule.

À environ un mètre cinquante du fauteuil roulant, légèrement caché derrière le poteau, un homme vêtu d'un costume gris attendait en jetant des regards nerveux dans tous les sens.

— J'le vois, dit Bernard qui avait eu du mal à le repérer. Mais qu'est-ce qui te fait croire que c'est lui Ruth ?

— Ben, il a un W brodé sur la poche de sa veste, trop ringard le vieux, ricana Ruth.

— Plus de doute, c'est notre homme, allez, on fonce. Tu passes par la droite et moi par la gauche, dit-il à Sam qui avait les jambes molles.

— J'n'y arriverais pas, se plaignit-il

— La ferme, c'est pas le moment, cria Bernard dans l'oreillette, bouge-toi le cul beau-frère. Olga, Minou, tu m'entends ?

Toujours rien. Ils avancèrent doucement comme une tenaille vers Henri.

— Ils doivent avoir des hommes de partout, flippa Sam, on ne va jamais s'en sortir.

— Évidement qu'ils ont des hommes de partout, confirma Bernard en avançant doucement vers Henri. Vous voyez quoi les jeunes ?

—Rien de spécial, dit Jürgen, on ne peut pas vous dire où sont ses hommes, il y a trop de monde.

Bernard arriva en sueur devant le fameux Wilson.

— Donnez-moi Henri, dit-il nerveusement en regardant à droite et à gauche.

— Votre charmante femme n'est pas là ? ironisa Wilson, pas très détendu non plus.

— Pourquoi, t'es amoureux d'elle, furoncle ? Allez, faisons l'échange.

— Je veux voir le contenu de la mallette

— C'est bon papa, personne ne bouge autour de vous, lui confirma Jürgen qui suivait toute la scène depuis le premier étage.

Bernard ouvrit délicatement la mallette et la présenta à Wilson qui jeta un coup d'œil rapide à l'intérieur.

— Les graines ? demanda-t-il sèchement.

Bernard ouvrit la petite boîte sculptée et montra les graines noires puis referma rapidement la mallette pour ne pas attirer l'attention sur son petit bricolage.

— Vas-y Sam, dit Bernard sans flancher, récupère Henri.

Il tendit l'attaché-case à Wilson qui s'en empara vigoureusement avant de faire demi-tour et de s'enfuir à travers la foule.

— Eh connard ! hurla Bernard. La mallette est piégée…

Mais Wilson était déjà loin.

Sam s'en allait comme prévu avec Henri, retrouver le pote de Bernard qui les attendait devant la porte du centre commercial, dans le camion EDF, quand il sentit un truc dur s'enfoncer dans son dos. Bernard, qui l'avait rejoint et qui marchait à côté de lui faisait également une drôle de tête.

— Bouge pas connard, dit une voix dans son dos, lâche ce fauteuil.

— Quoi ?

— J'ai un silencieux et c'est un petit calibre. Si je tire personne ne l'entendra, au pire on croira que c'est un pétard.

— Ne bougez pas, dit Alessandro dans l'oreillette, vous avez trois tueurs derrière vous.

— Merci, on avait remarqué, répondit Bernard en tremblant.

Pendant qu'ils étaient ainsi immobilisés, un autre homme de Wilson s'empara du fauteuil roulant, fit demi-tour et disparut à son tour dans la foule.

— Tu parles d'une opération foireuse, se plaignit Sam, on a tout perdu d'un coup. De vrais pros.

Ne sentant plus le canon dans son dos Bernard se retourna et constata que les tueurs avaient disparu.

— Vous les voyez ? demanda Sam aux trois jeunes.

— Oui, dit Alessandro, mais il se passe un truc bizarre.

— Qu'est-ce qu'il se passe ? Vas-y raconte bon sang ! s'énerva Sam gavé d'adrénaline.

— Jürgen, tu vois quoi ? demanda son père.

— Il est parti m'sieur, il poursuit Wilson, lui répondit Ruth qui avait l'air très essoufflée, et moi j'essaie de le rattraper.

— Mais il ne répond pas, s'énerva Bernard.

— Je suis au premier et lui au zéro, répondit enfin Jürgen, je le vois.

— Sois prudent, ces types ne plaisantent pas fiston, ne va pas prendre des risques inutiles.

— Alors, Alessandro, qu'est-ce qui se passe bon Dieu ? redemanda Sam, perdu dans la foule au rez-de-chaussée.

— Toute la bande de Wilson vient de se faire arrêter par la police, m'sieur. Comme ça, d'un seul coup, ils leurs sont tombés dessus sans prévenir. Il y en a partout, c'est le bordel. Un truc de fou, s'excitait Alessandro.

— La police ? Pourquoi la police ? demanda Bernard qui cherchait Jürgen dans la foule.

Bernard et Sam entendaient un brouhaha venant de plus loin et un énorme attroupement dans le centre déjà bien plein s'était constitué.

— Continue de nous dire ce qui se passe, pesta Sam, sur la pointe des pieds pour essayer d'apercevoir quelque chose.

— Et ben, ils les ont tous arrêtés d'un coup et les gens croient que ça fait partie de l'avant-première du film de Rooney Malone, ils applaudissent comme des malades. Les gens sont trop cons.

— Et Henri ? demanda Bernard qui essayait de se rapprocher de l'attroupement.

— Ils l'emmènent m'sieur, la police l'emmène. Qu'est-ce qu'on fait m'sieur ?

— J'en sais rien, on se retrouve dehors et on avise.

Ils allaient faire demi-tour quand ils furent bloqués par trois hommes portant des brassards de police.

— Veuillez nous suivre sans faire d'esclandre messieurs s'il vous plaît.

Alessandro, pris de panique en voyant Sam et Bernard se faire arrêter, s'enfuit rejoindre Ruth et Jürgen qui ne répondaient plus à ses appels. Dans le parking, Olga, qui avait suivi toute l'action par intermittence réussit enfin à joindre Jürgen sur son talkie.

— Où est Wilson mon doudou ? J'étais bloquée par des vigiles mais j'ai réussi à passer.

— Il doit être aussi dans le parking au niveau zéro maintenant maman, mais je ne sais pas où exactement.

Ruth, à bout de souffle, rejoignit Jürgen et se jeta dans ses bras.

— T'aurais pu m'attendre, râla-t-elle.

— Oh, comme ils sont mignons les deux tourtereaux dit une voix dans leur dos.

Jürgen n'eut pas le temps de faire demi-tour qu'il reçut un violent coup de pied qui le jeta par terre, le souffle coupé. Wilson se jeta sur Ruth qui poussa un cri d'effroi.

— Allez, amène-toi par là ma colombe, une assurance-vie de plus, c'est mieux.

Jürgen, le souffle court, se releva tant bien que mal.

— Espèce de salopard, réussit-il à cracher, tu vas le regretter, crois-moi

— La ferme ! cria Wilson en reculant dans le parking désert, c'n'est pas une famille de beaufs qui va se mettre en travers du consortium. Allez, recule espèce de merdeuse, hurla-t-il à Ruth en lui serrant fortement le poignet.

La pauvre en avait les larmes aux yeux. Jürgen bouillonnait. Tout d'un coup, Wilson, concentré sur Jürgen, sentit quelque chose d'humide et de gluant sur son poignet.

— T'as le choix, lui hurla Olga, dix mètres derrière, soit tu lâches ma belle-fille, soit Pupuce te coupe la main. Elle a à peu près quatre ou cinq tonnes de pression dans la mâchoire. C'est toi qui vois Wilson.

La chienne semblait sourire avec le poignet de Wilson entièrement dans sa gueule. Il n'avait rien senti tant la chienne s'était approchée en silence.

— Je te conseille de rappeler ton bâtard, mugit Wilson, sinon je lui mets une balle dans la nuque et ça sera réglé.

— Ah ouais, ricana Olga et comment ? T'as la mallette dans une main et ma belle fille dans l'autre, alors explique-moi comment tu vas sortir ton flingue tête de fion ?

— Une morsure, j'en ai vu d'autres. Allez, barre-toi sale clébard ! hurla-t-il.

Pupuce grognait sans desserrer sa mâchoire.

— Lâche-la ! hurla Olga.

— Va te faire foutre mégère, répondit Wilson en continuant malgré tout de reculer.

— Pupuce, dit calmement Olga, attaque.

La chienne referma la mâchoire telle une presse hydraulique que rien n'arrête. Wilson hurla de douleur et, d'un coup, sa main se détacha de son bras dans un effroyable craquement d'os sinistre. Ruth, horrifiée, courut se réfugier dans les bras de Jürgen. Sous l'effet de l'adrénaline, Wilson, qui pissait le sang s'enfuit en courant et passa devant Olga en hurlant. Elle eut juste le temps de lui mettre un solide coup d'épaule qui l'envoya valser au milieu du parking, lui faisant lâcher la mallette qui glissa sur quelques dizaine de mètres.

— Vite mon doudou, cria Olga appelle les autres. J'n'ai plus de batterie dans mon talkie, il faut quand même des soins pour ce Wilson de malheur.

Dans le centre commercial, Sam et Bernard, menottés, suivaient docilement les policiers. Une autre équipe avait transféré Henri vers l'hôpital le plus proche.

— Où est votre femme monsieur ? lui demanda un policier.

— Aux dernières nouvelles, elle était dans le parking avec mon fils et ses amis.

Le policier donna des ordres et plusieurs hommes partirent en courant vers les parkings.

— Appelez-la s'il vous plaît.

Bernard prit son téléphone et composa le numéro d'Olga.

— Oups ! dit-il avec une drôle de tête.

— Qu'est-ce qu'il se passe ? demanda Sam, inquiet.

— Je crois que j'ai fait le mauvais numéro, dit-il, livide.

— Quoi ?! Tu veux dire que t'as appelé…Non, mais quel con.

Dans le parking, Wilson, roulé en boule, gémissait en tenant son bras.

— Il ne l'a pas volé, cracha Olga, et en prime nous avons encore les informations d'Henri. Allez, il faut retrouver les autres.

Olga courut récupérer la mallette mais, dans l'obscurité du parking, Jürgen distingua la diode bleue qui venait de s'allumer sur le côté de celle-ci.

— Vite maman, hurla-t-il en courant dans le sens opposé avec Ruth, cours, la mallette va exploser.

— Quoi ?! Non mais quel con ton père ! hurla-t-elle en les rejoignant rapidement. J'étais sûre que ça allait foirer son installation. Pupuuuuuuce, ramène toi ma fifille.

La chienne les rejoignit joyeusement en trois sauts et ils plongèrent derrière un gros 4x4. En effet, quelques secondes plus tard, il y eut une petite explosion, comme un pétard mouillé. Fort heureusement pour eux, le système de Bernard n'avait réussi qu'à faire sauter le détonateur, trop faible, pour faire exploser le pain de plastic qui aurait probablement fait sauter tous les parkings. Aucun dégât matériel n'était à signaler sauf, malheureusement, tout le contenu de la mallette, les graines et le dossier d'Henri qui venaient, ironie du sort, de partir en fumée. Alessandro s'enfuyait quand quelqu'un lui rentra dedans.

— Eh, pouvez pas faire attention s'énerva le jeune homme.

— Tu vas te calmer oui, dit la vieille dame en lui filant un coup de parapluie sur la tête.

— Aïe ! Tatie Suzanne ! s'exclama Alessandro. Mais qu'est-ce vous faites là ?

— Je vous sauve les miches mon p'tit gars.

— Quoi, mais je ne comprends jamais rien à ce que vous dites.

— C'est normal lardon, déjà t'es pas futé et en plus t'es pas équipé pour, ricana la vieille dame. J'te l'avais dit que vous n'aviez aucune chance. Allez, descends rejoindre tes amis avec les flics. T'inquiète, ça va aller, vous n'irez pas en taule. Allez, ouste ! ordonna-t-elle en lui filant un coup de parapluie.

— Aïe. Et votre clébard, il est où ?

— Là, dans le sac.

Effectivement, on voyait poindre le nez de l'horrible canidé puant.

Tatie Suzanne, ancien membre de l'OSS ainsi que de diverses organisations plus ou moins secrètes et amie de longue date de René, avait pris les choses en main juste après le départ des jeunes de la place Saint-Jean. Sachant que René ne pouvait faire lui-même l'échange, elle avait donc contacté les bureaux d'Interpol à Lyon pour leur expliquer qu'un troc de la plus haute importance allait avoir lieu aujourd'hui au centre commercial de la Part-Dieu. Elle avait lâché quelques noms et quelques infos ultra secrètes pour être crédible auprès de ces messieurs et leur avait même dit qu'ils mettraient la main sur l'auteur de l'explosion qui avait eu lieu un peu plus tôt dans la matinée.

Une fois toutes les informations vérifiées et validées, les techniciens d'Interpol avaient tout de suite mis sur écoute les téléphones de tout ce petit monde et n'avaient eu qu'à enregistrer toutes ces conversations très instructives et les suivre comme un gibier traqué. Ensuite, la vieille dame, n'avait eu qu'à se rendre au centre commercial pour assister au spectacle.

Alessandro descendit rejoindre Sam et Bernard pour se rendre. Bien qu'il insista lourdement, les policiers ne lui passèrent pas les menottes. On les mit à l'intérieur d'un car de police qui attendait dehors. Ils furent vite rejoints par Olga, Ruth, Jürgen, et Pupuce fut difficilement chargée dans une cage. Wilson fut transporté d'urgence sous bonne escorte vers l'hôpital. Les policiers réussirent même à sauver sa main qui le suivit également dans de la glace.

Rooney Malone fit une arrivée triomphale dans le centre commercial et, comme des milliers de personnes qui étaient venues l'acclamer, il trouva les animations autour de son film très réussies, même pour des Français.

Que s'est-il passé après ça ? Qui a fait quoi ? Quand et où ?

Après des heures d'interrogatoire dans les locaux d'Interpol, séparés les uns des autres, chacun raconta cent fois son histoire depuis le début. Comme tout concordait en tout point, ils furent tous relachés par les membres d'Interpol qui furent très heureux de démanteler une organisation mafieuse.

Bien évidemment le consortium nia en bloc être au courant des agissements d'un certain Wilson qui, suite aux enregistrements téléphoniques, fut accusé de meurtres avec préméditation, en réunion, séquestrations, tortures, barbaries, trafic d'influence etc. Il passa tout de même un accord secret avec un juge pour témoigner contre ses patrons et en faire tomber le plus possible. Hélas, le jour de son procès, le camion qui le transférait vers le tribunal eut un terrible accident. Les deux gendarmes furent légèrement blessés dans le choc mais malheureusement Wilson succomba à ses blessures et, faute de témoins à charge, le juge prononça un non-lieu pour les membres du consortium, qui repartirent blancs comme l'agneau qui vient de naître.

Henri, qui fut soigné en soins intensifs pendant quelques semaines, s'en tira sans trop de séquelles. L'opération de René chez l'ami de l'ami de Jeanne fut un succès, bien qu'à deux doigts de la septicémie générale, il s'en sortit également indemne.

Avec l'argent de l'assurance, Bernard et Olga retapèrent leur maison et Bernard y apporta quelques modifications de son cru. Son nouveau dada, la domotique. Il colla dans toute la maison des robots de sa fabrication qui, bien évidemment, ne fonctionnaient pas ou mal.

Henri Baratté fit raser ce qui restait de la sienne et en fit construire une bien plus grande à la place, avec des dépendances suffisamment généreuses pour accueillir le nouveau laboratoire de Jürgen, Ruth et Alessandro. Sam ne toucha plus jamais une cigarette mais continua de pester allègrement contre le prix du tabac qui ne cessait d'augmenter. Quand on lui demandait comment il avait fait pour arrêter, il répondait que c'était par sa seule volonté.

René demanda Jeanne en mariage et, pour faire accélérer le divorce de celle-ci, il rendit une petite visite à l'ex-mari un peu violent qui, étrangement, dès le lendemain matin signa les papiers du divorce sans rien demander en échange. Il lui laissait absolument tout, la maison, la voiture, les meubles…Jeanne refusa et ne demanda rien d'autre que sa liberté.

René usa de toutes ses relations, plus quelques chantages, pour faire libérer Pupuce qui avait été mise en quarantaine et qui aurait été euthanasiée. La chienne retrouva sa niche et toute sa famille. Pour fêter l'évènement comme il se doit elle dévora la tondeuse automatique toute neuve que Bernard venait de s'offrir. Quand Henri sortit de l'hôpital, Olga organisa une grande fête pour son retour. Bernard invita tous ses potes de l'EDF autour d'un barbecue géant bien arrosé et bien évidemment tatie Suzanne fut invitée. Chose étrange, Pupuce vécut l'enfer durant cette soirée, terrorisée par l'horrible petit caniche puant de la vieille dame.

Pour les remercier de ne pas l'avoir laissé tomber, Henri leur offrit à tous un séjour grand luxe à Las Vegas mais Olga refusa fermement que Jürgen et Ruth s'y marient. Sam refusa d'y aller en râlant qu'il faisait trop chaud mais, faute de mieux, finit par accepter l'invitation et passa deux semaines à râler sur tout : la climatisation trop forte dans les hôtels, la nourriture trop grasse, l'accent américain qui l'empêchait de comprendre alors qu'il parlait soi-disant couramment l'anglais, etc., etc. Il fallut plusieurs réajustements de la part d'Olga pour terminer le séjour en paix. Bernard sympathisa avec des agents de la société électrique américaine qu'il rencontra. Ils se trouvèrent de multiples points communs, les barbecues, les apéros, les pots de départs et d'arrivées. Il les invita en France pour leur montrer comment lui et ses potes de l'EDF travaillaient.

Quelques mois plus tard, Henri, René et Jeanne retournèrent en Amazonie. Accompagnés d'une petite équipe montée par René et avec l'aide de guides locaux, ils cherchèrent durant plus de trois semaines l'emplacement du village de Niempa. Malheureusement, ils ne retrouvèrent ni village, ni chef, ni tribu, ni rien.

Ils tombèrent sur des hommes à moitié nus, vivant presque à l'état sauvage, avec le regard vide, s'exprimant dans un langage incompréhensible. René en reconnut certains pour être des hommes de main du consortium. Ceux-là mêmes qui avaient fait le déplacement en jet privé pour raser le village.

Qu'était-il arrivé à ces hommes ? Nul ne le saurait jamais. Les guides de René refusèrent de s'approcher d'eux. Henri se souvint d'avoir prévenu le chef que des hommes malveillants pourraient venir leur faire du mal et voler leur secret. Celui-ci avait répondu tranquillement :

« Ne vous inquiétez pas pour nous, les Dieux n'aiment pas les voleurs »

À leur retour en France, un colis avait été livré chez Henri. A l'intérieur, il y avait juste un sachet avec trois graines noires.

RIVIERE BLANCHE

Collection Blanche :
Les survivants de l'humanité. Lofficier. 17 €
La lagune des mensonges. Darnaudet. 14 €
La fontaine de jouvence. Ward. 15 €
La fédération de l'amas. Herault. 20 €
Le météore de Sibérie. Andrevon. 16 €
Les créateurs de futurs. Legrand. 17 €
Le regard qui tue. Darnaudet & Metge. 15 €
Les terrasses de la nuit. Rocher. 17 €
Ultima. Le Bussy. 17 €
Passeport pour la 5ème dimension. Thirion. 15 €
Razzia. Ligny. 17 €
Suleyman. Sanahujas. 17 €
Les clones déviants. Herault. 25 €
Panique dans le temps. Bessière. 15 €
Fils de la haine. Eris. 17 €
Le cycle d'Orga. Rayjean. 17 €
La boucle d'octobre. Calvez. 18 €
La couronne de fer. Caroff. 15 €
Chroniques du Premier Age. Valéry. 20 €
Le rêve du mammouth. Tanner. 20 €
Ultime frontière. Legay. 16 €
Le chant des psychomorphes. Whale. 17 €
Régression. Herault. 20 €
Le pouvoir des maux. Boissau. 17 €
Le bouclier obscur. Lang. 17 €
Le 14ème signe du Zodiaque. Limat, Lofficier, Archaimbault. 20 €
Le carnaval des enclonés. Bessière. 17 €
L'affaire du calmar dans le grenier. Andrevon. 16 €
Radiations. Legay. 17 €
L'onyre du givre. Bordier. 17 €
Helios. Thirion. 16 €
Aberration cosmique. Douriaux. 30 €
Les enfants du mandarin. Caroff. 17 €
Le canevas des dieux. Rahier. 17 €
Le retour de Cal de Ter. Coll. Herault. 20 €
Destination cauchemar. Sarkel. 16 €
L'invasion silencieuse. Morris. 16 €

Noir duo. Miller & Ward. 20 €
Là où s'ouvre l'univers. Limat, Lofficier, Archaimbault. 20 €
La grande migration. Herault. 25 €
Les dossiers du Glaive. Guieu. 20 €
L'emprise des rêves. Sanahujas. 20 €
Le retour du taxidermiste. Darnaudet. 17 €
Complexe 18. Rayjean. 20 €
Morbidezza, Inc. Walther. 17 €
Projet Espoir. Piret. 17 €
Les vents de Spica. Ruaud. 20 €
Pour une poignée de Koumlaks. Sellig. 20 €
Psykoses. Heurtel. 20 €
Le retour d'Hypnôs. Limat, Lofficier, Archaimbault. 28 €
Onde de choc. Blondelon. 16 €
Pacifica. Lofficier. 20 €
Enigma. Legay. 17 €
Le voleur de Shorn. Le Bussy. 17 €
Nova Roma. Garnier-Duguy & Baumier. 17 €
Sun Song le mandarin. Caroff. 20 €
Les enfants de la lumière. Piret. 17 €
Les cavaliers du Taurus. Cluzeau. 25 €
Seentha. Archaimbault. 20 €
Big Crunch. Steiner. 17 €
L'épopée de Cal de Ter. Coll. Herault. 20 €
Les enfants de Svetambre. Chenu. 20 €
Une si jolie petite planète. Hoven. 16 €
Psycho-Evolution Rh. Guieu. 18 €
Le dernier homme de chair. Legrand. 20 €
Le silence des abysses. Legay. 17 €
Stase onirique. Piret. 17 €
Défi à la Terre. Rayjean. 20 €
Le glaive de justice. Darnaudet, Girodeau & Ward. 20 €
L'île blanche. Lorin. 28 €
La musique de la chair. Walther. 20 €
Sombres écueils. Boissau. 20 €
Des clones et des Koumlaks. Sellig. 20 €
Carnaval sans roi. Berthelot. 18 €
Quand il ne reste que l'honneur. Herault. 20 €
Projet : Point final. Legrand. 20 €
La saga des Ibars. Piret. 18 €
L'indélicatesse du cosmos. Lequien-Esposti. 17 €

Connexions interrompues. Steward. 17 €
Le cheval d'espace. Le Bussy. 25 €
Main mise sur Jakobar. Deparis. 17 €
La guerre des chiffonneurs. Geha. 17 €
Les crânes de l'Apocalypse. Parmentier. 20 €
Le dieu était dans la lune. Thiellement. 17 €
Par le rêve et la ronce. Jan. 20 €
Dégénération future. Blondelon. 17 €
L'énigme du Rorkal. Legay. 17 €
Les sortilèges de l'ombre. Tanner. 17 €
Aliens en Périgord. Piret. 17 €
Hexagon : Matière Noire. D'Huissier. 20 €
Adam, l'Enfant-Monde. Thirion. 17 €
Le Temps de la Fin. Jounieaux. 25 €
33e Itération. Bidiville. 20 €
Les Pierres de Ther-Paragon. Jan. 25 €
Pas de Pitié pour les Borloks. Bessière, Archaimbault, Lofficier. 25 €
La malédiction du Rorkal. Legay. 20 €
Agent des Ordres. Robert. 20 €
Projet Obis. Boris Darnaudet. 17 €
Zanorah. Piret. 20 €
Tangram. Dau. 17 €
De Barcelona à Montségur. Darnaudet, Girodeau & Ward. 17 €
Edgar Allan Poe sur Mars. Lofficier. 20 €
Le Retour du Nyctalope. La Hire & Lofficier. 20 €
Le Verseau sauve la Vierge. Stefinger. 17 €
Hexagon 2 : La Guerre des Immortels. D'Huissier. 20 €
Interco. J.-M. Archaimbault. 25 €
Sous l'Ombre des Etoiles. Geha. 17 €
La Mort d'un mandarin. Caroff. 17 €
Poupées. Mazarin. 17 €
Le Printemps des Magiciens. Jan. 22 €
Les fantasmes de Svetambre. Chenu. 17 €
Le Verseau sur la Balance. Stefinger. 20 €
Les Parias de l'espace. Halvick. 18 €
Humanité, Stade terminal. Farlan. 20 €
Opération Etoile. Rayjean. 15 €
Rancœur. Sanahujas. 20 €
Et le Vent se mit à souffler. Jan. 17 €
Katorga. Archaimbault / Bessière. 20 €

Les Promesses d'Atro City. Pourbaix. 20 €
Multiple était la lune. Thiellement. 17 €

Collection Noire :
La saga de Mme. Atomos 1. Caroff. 28 €
La saga de Mme. Atomos 2. Caroff. 28 €
La saga de Mme. Atomos 3. Caroff. 25 €
La saga de Mme. Atomos 4. Caroff. 25 €
La saga de Mme. Atomos 5. Caroff. 28 €
La saga de Mme. Atomos 6. Caroff. 28 €
Amok. Bergal. 25 €
La nuit des hommes loups. Bergal. 25 €
Les compagnons de l'ombre 1. Lofficier. 20 €
Les compagnons de l'ombre 2. Lofficier. 20 €
L'effroyable vengeance de Panthéra. Orloff. 17 €
Les compagnons de l'ombre 3. Lofficier. 20 €
16, rue du repos. Ward. 17 €
A l'ombre d'Halloween. Ouaknine. 20 €
Les compagnons de l'ombre 4. Lofficier. 20 €
Angoisses 1. Steiner. 25 €
Les compagnons de l'ombre 5. Lofficier. 20 €
Angoisses 2. Steiner. 25 €
Les compagnons de l'ombre 6. Lofficier. 20 €
Lettres aux ténèbres. Bousquet. 20 €
Séparation de corps. Nolane. 20 €
L'Ambassadeur des âmes. Rocher. 20 €
Les compagnons de l'ombre 7. Lofficier. 20 €
Le miroir de Drusilla. Sadoul. 20 €
Radu Dracula 1. Ward & Lemaire. 17 €
Au seuil de l'Enfer. Papoz. 17 €
L'âme de ténèbres. Maia. 20 €
Les compagnons de l'ombre 8. Lofficier. 20 €
Panthéra contre Faustus. Orloff. 17 €
La loi de la horde. Legay. 20 €
Docteur Jeep. Eris. 17 €
Au château d'alcool. Darnaudet. 17 €
Requiem pour âmes d'ombre. Archaimbault. 17 €
Les compagnons de l'ombre 9. Lofficier. 20 €
Mémoires d'une aveugle. Duguël. 25 €
Radu Dracula 2. Lemaire. 17 €
Troublante incertitude. Del Pappas. 17 €

Le Maître des ombres. Chaumette. 20 €
La Nuit du Nyctalope. La Hire. 20 €
Momie de Sang. Rayjean. 20 €
Les compagnons de l'ombre 10. Lofficier. 20 €
Plaques chauffantes. Nécrorian. 17 €
Le Masque du Mal. Lizarte. 17 €
Les compagnons de l'ombre 11. Lofficier. 20 €
Les Poussières de l'aube. Coopman. 20 €
Paris Zombies. Morin. 17 €
Truc. Duguël. 17 €
La Chair sous les Ongles. Tarvel. 20 €
Artahé. Ward. 20 €
Les compagnons de l'ombre 12. Lofficier. 20 €
La saga de Mme. Atomos 7. Stéphan. 17 €
Radu Dracula 3. Lemaire. 17 €
L'Ombre de Judex. Lofficier. 35 €
Zombies Gore. Darnaudet, Rabier. 17 €
Quai des âmes. Rocher. 17 €
La Terreur de Fu Manchu. Maynard. 20 €
Les compagnons de l'ombre 13. Lofficier. 20 €
A Chacun son Monstre. Papoz. 20 €
La Clé des souvenirs. Coopman. 25 €
La saga de Mme. Atomos 8. Stéphan. 17 €
Les compagnons de l'ombre 14. Lofficier. 20 €
Mortels délices. Legay. 20 €
Le Destin de Fu Manchu. Maynard. 20 €
Les compagnons de l'ombre 15. Lofficier. 20 €
L'Almanach des Vampires. Lofficier. 28 €
La Mère de Panthéra. Orloff. 17 €
Naufragés Eternels. Lajoye. 17 €
Barry Barison et l'Héritage de Tarford Castle. Pinon. 17 €

Collection Fusée :
Dimension Espagne. Miller. 20 €
Dimension Latino. Miller. 20 €
La dimension des miracles revisitée. Sheckley. 17 €
Dimension Philip K. Dick. Comballot. 17 €
Dimension URSS. Lajoye. 20 €
Interférences. Yoss. 16 €
Dimension Alain Dorémieux. Comballot. 25 €
Dimension Russie. Lajoye. 20 €

Dimension Suisse. Gessler & Vallat. 20 €
L'ombre de Frankenstein. Stableford. 20 €
Dimension Brian Stableford. Stableford. 20 €
Dimension de capes et d'esprits 1. Boissau. 20 €
Dimension Jimmy Guieu. Nolane. 20 €
Les croisés de l'éternité. Quesada. 17 €
La robe blanche de Cendrillon. Boulytchev. 20 €
La muse égarée. Stableford. 18 €
Dimension Galaxies. Dunyach & Nicot. 25 €
Dimension Jean-Pierre Hubert. Hubert/Comballot. 28 €
Dimension de capes et d'esprits 2. Boissau. 20 €
Les enfants de Masterton. Bailly. 17 €
Dimension E. C. Tubb. Nolane. 20 €
Dimension Super-Héros 1. D'Huissier & Heylbroeck. 25 €
Les mondes de Masterton. Bailly. 20 €
Dimension Compagnie des Glaces. Gaillard, Arnaud. 20 €
Dimension Super-Pouvoirs. Lainé. 17 €
Dimension Super-Héros 2. D'Huissier & Heylbroeck. 25 €
Dimension Nécropolice. Fernandez. 18 €
Dimension Préhistoire. Ligner. 20 €
Dimension Vargo Statten. Nolane. 28 €
Le Rêve de l'Exilé. Alain le Bussy. 25 €
Dimension Chevalerie Chinoise. D'Huissier & Henry. 20 €
Dimension Antiquité. Ligner. 20 €
Dimension Pierre Gévart. Gévart. 16 €
Dimension Système Solaire. Pontier. 25 €
Dimension Ecologies Etrangères. Lyraud. 20 €
Dimension Galaxies Nouvelles. Gévart. 20 €

Collection Baskerville :
La ville enchantée. Mrs Oliphant. 17 €
Les exploits du Colonel Clay. Allen. 17 €
Fantômes et assassins. Barr. 17 €
Curios. Marsh. 20 €
Fleur de Bagne 1. Goron & Gautier. 20 €
Fleur de Bagne 2. Goron & Gautier. 20 €
Fleur de Bagne 3. Goron & Gautier. 20 €
Les Aventures de Miss Cayley. Allen. 20 €
Baal. Dunan. 20 €
Mille Desseins Mauvais. Hill. 20 €
Le Loup Solitaire. Vance. 20 €

Lord Stranleigh. Barr. 20 €
Le Secret d'un Crime. Hume. 20 €
Faux Visages. Vance. 20 €
La Vengeance de Hilda Wade. Allen. 20 €
Masques Rouges. Vance. 17 €
Les Enquêtes de Judith Lee. Marsh. 20 €
Les Vengeurs. Hill. 17 €
Lord Stranleigh, Millionnaire. Barr. 20 €
Noirs Diamants. Vance. 20 €
Oncle Abner. Post. 25 €
Les Joyeuses Aventures d'Aristide Pujol. Locke. 17 €

Hors-série :
Robonocchio. Lofficier. 14 €
Martervénux. Lofficier. 15 €
Noir duo (Collector). Miller & Ward. 25 €
La greffe du passé. Viaud. 18 €
Anticipation. Douilly. 25 €
Plumes de chats. Bousquet. 17 €
Docteur Oméga. Galopin. 20 €
Les trésors de la Rivière Blanche. Collectif. 5 € (port 2€)
Cathédrales de brume. Oksana & Prou. 30 €
Jean Diable. Féval. 45 €
L'importance de ton regard. Davoust. 25 €
Trois guerres pour Emma. Darnaudet. 17 €
Nyctalope ! Gorlier. 20 €
Le Nyctalope contre Lucifer. La Hire. 30 €
Vampirette et sortilèges. Sadoul & Tramon. 15 €
La vie à ses rêves. Pagel. 20 €
Le jaguar rouge. Sadoul. 20 €
Le gamin de la Spa 36. Herault. 25 €
La bulle d'éternité. Iss. 20 €
Et pour quelques pincées de Marcel Proust. Lassablière. 17 €
L'Intégrale Koumlaks. Sellig. 30 €
Le Monde de Fernando. Thiellement. 25 €
Le Domaine de R. (Tome 1). Sadoul. 30 €
Plumes Noires. Collectif. 10 €
Grands Moments de Solitude. Gudule. 20 €
Mémoire des Terres Mortes. Belmas. 20 €
Homo-Deus. Champsaur. 25 €

Artbooks :
Raven's L'il Critters. Okeefe. 12 €
If Your Possum Go Daylight. Lofficier & Okeefe. 12 €
Science Fiction Illustrations. Normand. 12 €
Confession d'un vampire. Ward & Lemaire. 10 €
Illusions. Serra. 12 €
Fragments d'étoiles. Lyon. 12 €
Rave's Faves. Okeefe. 12 €
Les petites recettes d'une Américaine dans l'Aude. Lofficier. 12 €
Manhattan Ghost. Ward & Laguerre. 10 €

Pour les frais de port, comptez 3 € pour le premier titre + 1,50 € par titre supplémentaire. Les chèques ou mandats sont à rédiger à l'ordre de HOLLYWOOD COMICS. Adressez commande et règlement à M. Philippe Laguerre, 36 rue du Foulon, 09100 Pamiers.

Cet ouvrage a été réalisé par
Lightning Source UK Ltd.
Chapter House, Pitfield, Kiln Farm,
Milton Keynes
MK11 3LW, UK
pour le compte de Black Coat Press
en Février 2015

Dépôt légal : Février 2015
ISBN 978-1-61227-391-4
Imprimé en Angleterre

Lightning Source UK Ltd.
Milton Keynes UK
UKOW04f1049151117
312749UK00001B/24/P

9 781612 273914